NOTHING GOLD CAN STAY

Ron Rash

美好的事物无法久存

〔美〕罗恩·拉什 著　周嘉宁 译

著作权合同登记号　图字 01-2021-6477

Ron Rash
NOTHING GOLD CAN STAY

Copyright © 2013 by Ron Rash
Published in agreement with The Cheney Agency,
through The Grayhawk Agency Ltd.
Simplified Chinese edition copyright © 2021 by Shanghai 99 Readers' Culture Co., Ltd.
All rights reserved.

图书在版编目(CIP)数据

美好的事物无法久存/(美)罗恩·拉什著;周嘉宁译.
—北京:人民文学出版社,2021
（短经典精选）
ISBN 978-7-02-016918-4

Ⅰ.①美… Ⅱ.①罗… ②周… Ⅲ.①短篇小说-小说集
-美国-现代 Ⅳ.①I712.45

中国版本图书馆 CIP 数据核字(2020)第 273148 号

总 策 划	黄育海
责任编辑	朱卫净　骆玉龙
出版发行	人民文学出版社
社　　址	北京市朝内大街 166 号
邮政编码	100705
印　　刷	上海盛通时代印刷有限公司
经　　销	全国新华书店等
开　　本	890 毫米×1240 毫米　1/32
印　　张	7.25
字　　数	125 千字
版　　次	2021 年 12 月北京第 1 版
印　　次	2021 年 12 月第 1 次印刷
书　　号	978-7-02-016918-4
定　　价	59.00 元

如有印装质量问题,请与本社图书销售中心调换。电话:010-65233595

SHORT CLASSICS
短经典精选

献给

罗伯特·摩根

目录

I
003 | 模范囚犯
025 | 美好的事物无法久存
040 | 丰饶而陌生
047 | 切罗基
062 | 地图终结的地方

II
077 | 历史的仆役
090 | 二十六天
099 | 一种奇迹
117 | 死者直到现在才被宽恕

III
135 | 魔法巴士
160 | 嫁妆
179 | 池塘边的女人
194 | 夜鹰电台
210 | 凌晨三点,星星不见了

I

模范囚犯

他们沿途跋涉了一个星期，都没有看见一间农舍，而最近的一口井，起码是水井主人允许辛克勒使用的最近一口井，得往回走半英里。这种模范囚犯的轻便活，如今也变得像挥凯撒刀或者用铁铲挖沟渠一样劳累。他刚把水桶提回囚车，就又得往回走。他问维克瑞有没有其他人可以轮班，这位壮硕的狱警笑笑说，辛克勒随时可以戴回脚铐干活。"伯立克刚刚在那片野草丛里干掉了一条响尾蛇，"壮硕的狱警说，"我敢打赌他愿意和你交换。"当辛克勒问起第二天早晨他能不能往前走走，寻找另一口井，维克瑞嘴唇紧闭，但还是点了点头。

第二天，辛克勒提着金属水桶一直走，直到找着一间农舍。这间农舍并不比另一间近，甚至更远了一些，但多走几步也值得。他现在用的井属于一个驼背寡妇。而站在门道里的女人尽管也扎着紧紧的发髻，穿着同样用面粉袋做的裙子，看起来却只有二十多岁，和辛克勒差不多。两周以后，他们才会走过这间农舍，等他们找到下一口井，或许又得再过两周。足够时间来解决另一种饥渴。他走进院子时，女人的视线穿过谷仓，望向田野，一个男人和他的驮马正在那儿耕地。女人吹响一声轻快的口哨，农民停下脚步，朝他们看过来。辛克勒停在井边，但是没有放下水桶。

"你想要什么。"女人说，不像是询问，倒像是命令。

"水，"辛克勒回答，"我们有一队囚犯在路上干活。"

"我觉得你们应该带着水。"

"不够十个男人喝一整天。"

女人再次望向田野。她的丈夫在那儿看着，但是没有松开脖子周围的缰绳。女人踏上门廊，那是六块钉在一起的木板，看起来更像是木筏。木柴堆在一旁，门边有一把斧头，靠在铲子和锄头中间。她的视线在斧头上停留了很久，以确保他注意到了。辛克勒这会儿发现她比他以为的更年轻，可能十八岁，最多二十，不算是女人，还是个女孩。

"你怎么不戴锁链？"

"我是模范囚犯，"辛克勒笑笑说，"信得过的囚犯。"

"你只要水？"

辛克勒想到好几个可能的回答。

"他们派我来就是干这个的。"

"我估摸着我们一分钱也拿不到吧?"女孩问。

"是啊,但是一群口渴的男人都会感谢你们,特别是我,这样我就不用跑远路去拉水了。"

"我得问问我男人,"她说,"你待在院子里。"

他有那么一会儿以为她会随身带上斧头。趁她走进田里时,辛克勒打量了一下农舍,还没有一间渔屋大。屋子看起来像是上世纪搭建的。门开着,只有门闩,没有把手。窗框里也没有玻璃。辛克勒凑近门口,看到木地板上放着两把靠背椅和一张小桌子。辛克勒思忖着,不知道这些庄稼汉是否听说了他们将要得到一笔新买卖。

"水井可以给你用,"女孩回来以后说,"但他说,你下次来拎水的时候,得留下一个水桶,就当是忘记拿了。"

辛克勒觉得值得,即便维克瑞让他从自己口袋里掏钱赔也行,尤其是一眼望去根本没有其他农舍了。最多不过是半块钱,打扑克时做点手脚,轻轻松松就赚回来了。他点点头,走到水井旁,把生锈的水桶扔进漆黑的井里。女孩站在门廊上,没有进屋。

"你犯了什么事?"

"我以为银行经理不会注意到出纳顺走了几张钞票。"

"在哪儿?"

"罗利。"

"我从没出过阿什维尔，"女孩说，"你要在里面待多久？"

"五年。已经过了十六个月。"

辛克勒捞起水桶，他往另一只桶里倒水时，水从桶底漏出来。女孩待在门廊上，确保他带走的只有水。

"你在这儿住了很久吗？"

"切特和我在这儿住了一年了，"女孩说，"我在山那边长大。"

"就你们俩住着？"

"是啊，"女孩说，"但是门里面放着把来复枪，而且我知道怎么瞄准。"

"那当然，"辛克勒说，"你能告诉我你的名字吗，我好知道怎么称呼你。"

"露西·索瑞尔斯。"

他等待着，看她会不会问他名字。

"我叫辛克勒。"他说，她没有问。

他装了第二桶水，却没有打算离开，反而环视着树木和山脉，像是刚刚注意到似的。然后他微笑着轻轻点点头。

"住得这么远一定很孤独吧，"辛克勒说，"至少我会这么觉得。"

"我觉得那些男人一定渴坏了。"露西·索瑞尔斯说。

"可能吧。"他同意,惊讶于她的聪明,竟然用他自己的话来回击他。"但是我很快会回来照亮你的白天。"

"你打算什么时候留下一只水桶。"她问。

"收工前最后一次来的时候。"

她点点头,回到棚屋里。

"绳子断了。"他告诉维克瑞。收工了,囚犯们正往卡车上挤。

狱警看起来没有太怀疑,倒是为丢了桶而心痛,辛克勒心想他竟然蠢得相信了。维克瑞说如果辛克勒觉得能因此而偷懒,那真是大错特错。要再找一只桶很容易,或许还能多装一加仑水呢。辛克勒耸耸肩,爬上囚车,在一张金属板凳上找了个位置,挤在汗流浃背的囚犯中间。他已经用香烟、一小点钱,以及掏心掏肺的交谈拉拢了其他狱警,但是对维克瑞不管用,他总说让辛克勒当模范囚犯,只会让他在逃跑时抢占先机。

壮硕的狱警是这样的。辛克勒打扑克赢了超过五十美元,这些现金足够他穿过密西西比河,逃离这个鬼地方。他在蒙哥马利长大,但是当警方关注起他的财产出入以后,他已经往北来到诺克斯维尔,又往西去了孟菲斯,然后再次穿越田纳西,来到罗利。辛克勒的天赋会引导他去企业工作，灵巧的双手不需要再摸扑克牌。一身妥帖的西装，干净的指甲，锃亮的皮鞋，他走进任何一家商店，都会被当成体面的公民对待。胡编乱造说自己来到城里是因为母亲病重，并且做事不同凡响。他们就会把窗户外面"招聘贤才"的告示拿下来，很可能还换上一块"请您自便"。辛克勒还记得孟菲斯的那个下午，他站在河边，过去的两个月里他从一间服装商店骗了四十块钱。继续往西，还是回头往东——得做出选择。他抛了一枚银币，很少有这样的时刻，全靠运气做出命运的抉择。

这次他得过河，在堪萨斯或圣路易斯重新开始。他得在商店、咖啡馆、报刊亭、以及其他一切有钱柜或者收银机的地方工作。除了银行。银行家们那么狡猾，辛克勒早就意识到，他们很快就认出他不是他们中的一员。不，他不会再犯这种错误。

那天晚上，围栏上的灯熄灭以后，他躺在铺位上想着露西·索瑞尔斯。他已经有一年半没有碰过女人了。这么长时间，几乎任何女性都能让他兴奋。她的脸蛋不怎么吸引人，但是裙子下曲线毕露。腿也不错。那天他每次去水井时，都试图和她说说话。她对他很冷淡，不过他还有好几个星期的时间来融化她。他最后一次取水时，她丈夫才从田野里回来。辛克勒打招呼说"你好啊"和"多谢啊"，他都没有怎么答应。他看起来四十来岁，辛克勒估计他的寡言是因为妻子身边有一个年轻男人。过了一会儿，农民对着辛克勒左手提着的桶点点头。"你会把那玩意儿留下是吧？"辛克勒说是的，于是丈夫叫露西把漏水的井桶换了，走进了谷仓。

两天以后，露西问他有没有想过逃跑。

"当然，"辛克勒回答，"你呢？"

她用他不理解的神情打量着他。

"你怎么还没逃呢？他们让你到处随意晃荡，你也没戴镣铐。"

"我享受免费的房间和床板。"辛克勒回答。他用大拇指指指自己的囚服。"衣服也不错。他们还让我每周日都更换呢。"

"我可受不了，"露西说，"被关起来那么长时间，而且还有差不多四年要熬。"

他搜寻她嘴唇边最细微的微笑弧度，但是没有。

"是啊。"辛克勒说，向前走了一步。"你看起来就不像是那种关得住的。我觉得像你这样漂亮的年轻女孩，一定想要多见识一下世界。"

"你怎么会没有逃跑呢？"她又问了一遍，把垂下来的几缕头发撩到耳朵后面。

"可能是和你一样的理由，"辛克勒说，"不是想逃就能逃的。我在这条路上没见过几辆轿车或者卡车，而且司机们也知道附近有囚犯。他们不会蠢到捎上一个陌生人。我也没见过什么火车轨道。"

"有人试过吗?"露西问。

"有,两星期前。那家伙是早晨跑的,天黑前就被猎犬逮到了。他费尽心机,结果只换来一片跳蚤咬印和荆棘刮痕,还额外加了一年徒刑。"

自从露西上回出去叫她丈夫以来,这是她第一次走下门廊,她和房门之间拉开了一些距离,也离开了来复枪和斧头。这意味着,她多少开始有些信任他了。她站在院子里,抬头望着屋檐,黑色的昆虫围着干燥的泥块打转。

"这些肮脏的虫子真讨厌,"露西说,"我敲掉它们的老巢,第二天它们又搭了出来。"

"我觉得它们是唯一想要待在这儿的东西,你不觉得吗?"

"你说话真粗俗。"她说。

"你好像也不在乎啊。"辛克勒回答,朝田野扬扬头。"像那样的老家伙对年轻漂亮的妻子一定盯得很紧吧,但他肯定很相信你,还是他觉得你压根跑不了?"

他提起满满的水桶,走到挨近谷仓的地方,这样从田地里就望不到了。"你不必躲得我远远的,露西·索瑞尔斯,我又不咬人。"

她没有靠近他,但是也没有走回门廊。

"如果你要逃跑,会跑去哪里?"

"取决于和谁一起,"辛克勒回答,"你想去哪儿看看?"

"说得好像你要带上我一起跑路似的。我还不如指望这些虫子带我飞离这里呢。"

"不是,我需要更了解我的旅途伙伴,"辛克勒说,"确保她真的在乎我。这样她才不会告发我。"

"你是说赏金?"

辛克勒大笑起来。

"亲爱的,你得是个要犯他们才会悬赏抓你。他们甚至都不愿劳神在邮局里贴上我的通缉令,我倒是不在乎。给我买张火车票,不用两天我就越过密西西比河了。实际上,我已经攒够钱买两张火车票了。"

"足够买两张?"她问。

"千真万确。"

露西看着自己的光脚,像个害羞的孩子似的把一只脚放在另外一只上面。然后她收回脚踩在地上,抬头看他。

"既然没有赏金,你干吗觉得有人会告发你?"

"坏心肠——所以我得确保我的伙伴不是这样的,"辛克勒微笑,"听我的,你不必站得那么远。我们或许还能去谷仓待一

011

会儿。"

露西望着田地,视线停留了很久,他觉得她或许会答应。

"我还有家务活要做。"她说着回到了棚屋。

辛克勒沿路返回,想着心事。等他把哐当响的水桶放回囚车旁边时,他想出了撩开露西·索瑞尔斯裙子的办法,不单用甜言蜜语。他要告诉她说,在狱警的桌子上还有一套备用卡车钥匙,他能偷出来。一旦狱警分神,他就跳进卡车,捎上她,一直开去阿什维尔,坐第一班火车逃走。这真他妈的是个好故事,要不是辛克勒知道所有备用卡车钥匙都锁在一个千磅重的莫斯勒保险箱里,就连他自己都要相信了。

第二天早晨他走进院子里时,露西来到水井旁,却站在另一头。像只胆小的狗,辛克勒心想,想象自己用一包口香糖或者巧克力棒引诱她走过来。她总是穿着同一条裙子,但是头发散开了,垂落在肩膀上。比他想象得更金黄,也更鬈曲。是为他披散的,辛克勒知道。一阵凉爽、凝重的微风给空气带来一股早秋的知觉,让棉布下的曲线更明显了。

"你的头发像这样放下来——很好看,"他说,"我打赌你在床上也是这样的。"

她没有脸红。辛克勒转动曲柄,把水桶沉进井底。等到两个水桶都盛满了,他说出了自己的计划。

"你不太喜欢我的主意?"见她没有应答,他又问,"我打赌你一定以为我们需要把枪,但是我们不需要。我等囚犯们干活干到这儿。然后就这么干,我们便能一帆风顺地去阿什维尔了。"

"还有更简单的办法,"露西不动声色地说,"你根本不需要卡车,甚至不需要从大路走。"

"没想到你对越狱还很在行。"

"山脊那边有小路,"露西说,朝田地扬扬头,"你能顺着小路一直走到阿什维尔。"

"阿什维尔离这儿至少有三十英里。"

"那是走大路。如果你抄近路过山沟,不会超过八英里。只要你知道捷径。"

"我不知道唉。"

"有我啊,"她说,"我曾经三个小时就轻松走到了。"

辛克勒有好一会儿没说话,仿佛他一直幻想的钥匙突然出现在了他手里。他把水桶留在原处,走向谷仓。当他示意露西靠近些时,她过来了。他用一只胳膊搂住她的腰,感觉到她的屈从。她向他张开嘴唇,他空着的手握住她的一只乳房时她也没有反抗。那么长时间以后再次碰到女人,他双腿打飘。当她更靠近一点,并把一只手放在他腿上时,一串汗珠从他的眉毛上流下来。

直到辛克勒想要带她进谷仓时,露西才抗拒。

"他从那儿看不到我们。"

"不是这么回事,"露西说,"我刚刚来月经。"

辛克勒的性欲像乱窜的兔子,他告诉她他不在乎。

"搞得一团糟,他就会知道了。"

他按捺不住沮丧,发起火来。辛克勒想要走开,但是露西拉他回来,把脸按在他的胸口。

"等我们远走高飞了就什么都不用管了。我恨这里。他差不多每天都骂我,哪儿都不让我去。他一喝醉就拿起来复枪,赌咒说要毙了我。"

"都会好的。"辛克勒说着,拍拍她的肩膀。

她慢慢松开他。周围唯一的声响是咯咯叫的小鸡,以及微风吹动着水桶,撞在狭窄的井口上哐当响。

"我们只需要在阿什维尔搭上那班火车,"露西说,"不管是他还是警察都抓不到我们。我知道他把钱放在哪儿。如果你不够我再拿点。"

他和她眼神交会,接着又望向她的身后。太阳升得更高了,从山顶斜射过来,崭新的水桶摇晃着,闪着银色的光芒。辛克勒抬起头,望着万里无云的天空。又将是炎热、干燥、悲惨的一天,而他还将置身其中。收工以后,他回到监狱,用脏得能堵住滤网的水洗澡，咽下能把猪噎死的食物，然后九点钟就把头放在肮脏的枕头上。不止三年半的刑期。辛克勒观察着山脊线，找到了那条能通往阿什维尔的山沟。

"我有钱，"他告诉露西，"问题是得找到花钱的地方。"

那天晚上辛克勒躺在铺位上，思考着他的计划。一个小时以后，才会有人开始找他，即使这样，他们起初只会沿着大路找。囚犯们工作的地方那么远，最少也要四小时以后，他们才会派出警犬，等警犬追踪他到阿什维尔，他已经上火车了。这样的机会得等上几个月，或许永远也不会有了。但是机会从天而降，令他不安。他得花上几天，想个明白。露西有点棘手。在阿什维尔丢下她几乎不可能，因此他会陪她到下一站，可能是诺克斯维尔或者罗利。这样对他们都好。找间旅馆，来一瓶私酿威士忌，他们就能快活一个晚上。第二天早晨趁她还睡着的时候溜走。如果她拿走了丈夫的私房钱，那她足够开始新生活，也不至于打电话报警告发。

当然，很多罪犯一走完小路，就会找块称手的石头来解决麻烦，拿走她的钱，继续上路。和这样一个年轻女孩一起旅行是一种冒险。她很有可能会说些什么，或者做些什么，引起警察的怀疑。或者，醒来发现他不见了，为了泄愤报警抓他。

第二天早晨，囚犯们装备好，开车到前一天收工的地方。他们现在距离农舍不过几百码。辛克勒提着水桶上路时，想起来如果露西知道小路，那她丈夫也一定知道。狱警会看到田地里的农民，告诉他他们在找谁。他需要多久才会发现她不见了？丈夫可能根本不出几分钟就会去查看。但是除非狱警们往那个方向搜索。到时候，他会告诉维克瑞说水井太浅，农民不让他用了，因此他不得不重回寡妇家里。他可以朝那个方向走，再钻进树丛绕回来。

露西出来的时候，辛克勒已经在汲水了。他知道她为他精心打扮过，她的头发松散着，刚刚梳过，戴着一条挂着心形吊坠的项链。她闻起来也很香，一股清新干净的忍冬气味。远处，丈夫和马拴在一起，在田地里一前一后无止境地跋涉。就辛克勒所见，这个男人和修路的囚犯一样辛苦，有差不多的好身材。他比露西老二十岁，而且这么一个怪人不会理解十八岁的露西怎么想。辛克勒朝谷仓走近两步，她朝他扬起嘴，他们的舌头交织在了一起。

"从昨晚到今早，我一直在渴望这件事，"露西中断了亲吻，说道，"就是这样的——渴望。切特从没让我这样，但是你可以。"

她把脑袋靠在他的胸口，紧紧地抱住他。辛克勒感觉到她拥抱中的绝望，知道她一定会冒险帮他逃跑，帮他们逃跑。但是这个年纪的女孩变得和风向标一样快。他把手放在她的肩膀上，温柔并坚定地把她往后推，足以看到她的眼睛。

"你可别和我耍花招,不然现在就收手。"

"只要你想,我立马就跟你走,"露西说,"我现在就去拿他的钱。他早上走的时候我数过了。差不多有七块钱。足够了,至少我们能买到票不是吗?"

"你从没坐过火车吧?"辛克勒问。

"没有。"

"这些钱可不够。"

"还需要多少。"

"差不多每个人要五块钱,"辛克勒说,"只能到诺克斯维尔或者罗利。"

她摸了摸挂坠。

"这是我妈妈留给我的。是纯银的,我们可以卖了它。"

辛克勒伸手握住吊坠,假装像个珠宝商一样认真掂量着。

"我一直觉得你有一颗金子般的心,露西·索瑞尔斯。"辛克勒说,微笑着松开手。"不,亲爱的。你继续把它戴在你漂亮的脖子上。我有足够多的钱,说不定还能为你的项链配一个闪亮的镯子呢。"

"那我想明天就走,"露西说,靠得他更近,"我的月经就快结束了。"

辛克勒闻着忍冬的气息,欲望淹没了他。他试图清醒一会儿，想出一个拖延的理由，但是一个都想不出来。

"我们早上走。"辛克勒说。

"没问题。"她说，手指久久地停留在他身上。

"我们得轻装上阵。"

"我不介意，"露西说，"我又不是非得带那些没用的。"

"你能帮我带上你老公的衬衫和裤子吗?"

露西点点头。

"明天早晨等他去田里以后再收拾。"辛克勒说。

"我们去哪儿?"她问，"我是说，最后去哪儿?"

"你想去哪儿?"

"我打算去加利福尼亚。他们说那儿就像天堂一样。"

"我觉得不错，"辛克勒说着，咧嘴一笑，"像你这样的天使就属于那样的地方。"

第二天早晨，他告诉维克瑞，索瑞尔斯家的井枯了，他得往回走去另外一家。"你这样差不多要走上一英里呢。"维克瑞假装同情地摇摇头。辛克勒一直走，直到走出了他们的视野。他找到一个记号，一棵被闪电劈开的橡树，然后跨过沟渠，钻进树林。他把水桶放在一块腐坏的树根旁，离那棵橡树足够近，万一出了什么事，很容易就能找到。因为辛克勒知道，当露西真的开始收拾的时候，或许还是会再思考一下是否应该相信一个刚刚认识了两周的人，更何况还是个罪犯。也有可能她丈夫会注意到一些小细节，比如说露西没有收鸡蛋，或者晚饭的时候没有烧水，辛克勒应该提醒她记得这些。

辛克勒挨着路走，很快就听到了脚链的叮当声，铲子铲土的刮擦声。他经过的时候瞥见黑白相间的囚服。囚犯的声响渐渐远去，不久，树木也变得稀疏，缝隙间露出谷仓的灰色板条。辛克勒没有进院子，露西就站在农舍的门里面。他打量着棚屋，查看有没有任何农夫已经察觉的蛛丝马迹。但是一切照旧，衣服晾在两棵树之间的绳子上，碾碎的玉米撒在地上喂鸡，斧头还是在门廊上，放在锄子旁边。他绕过谷仓，直到能看见田地。农民在那儿，套着马和犁具。辛克勒喊露西的名字，她从门廊里走出来。仍旧穿着那条棉布裙子，手里拿着用床单扎成的包裹。等走进树林，她打开床单，拿出一件衬衫和一双破鞋，鞋子比两块系在一起的皮好不到哪儿去。

"去水井边把这双鞋换上，"露西说，"这样能骗过猎犬。"

"我们得动身了。"辛克勒说。

"只需要几分钟。"

他照做了，又望了望田里，确保农民没有朝他们看。

"拿好你的鞋。"露西说，拿着衬衫向辛克勒走来。

她走近以后，跪在地上，用衬衫擦拭地面，一直擦到他脚边。辛克勒不得不承认她很聪明，尽管聪明得有点老土。

"走去谷仓那头。"她告诉他，一边跟在他身后擦拭地面。

她示意他待在原地，取回了床单包裹。

"往这儿走。"她带着他走过斜坡，钻进树林。

"你要我穿着这些一直到阿什维尔？"辛克勒说，两块破皮差点绊倒他。

"不用，过了山脊就好了。"

他们待在树林里，沿着田地的远端走，爬上山脊。辛克勒在山顶脱掉了破鞋，回头望望树林，看到方块大小的耕地，现在看起来还没有一扇谷仓的门大。农民还在那儿。

露西揭开床单，递给他裤子和衬衫。他脱下囚服，藏在一棵树后面。辛克勒想在穿上衣服前逍遥一会儿，他略略暗示露西床单大概还能派上别的用场。再过几个小时，他提醒自己，肯定安全了，能和她滚在一张柔软的大床上。条纹衬衫还不错，但是牛仔裤松松地挂在屁股上。每走几步，辛克勒都不得不拉一拉。床单里没有其他东西了，露西把它塞进石头缝里。

"你带钱了吗？"他问。

"你说我们用不上的。"露西说，她的声音里有种他从未听过的尖利。"你说你有钱买车票的，可别耍我。"

"不会的,亲爱的,我的钱足够给你买镯子,还能给你买条真正的裙子,把你身上的面粉袋换了。和我在一起,你会过上好日子的。"

他们往山脊下走,穿过一丛杜鹃,路面太陡,好几个地方他要是不照着露西那种前脚斜插、身体后仰的走法,都差点摔跤。走到山脊底部,小路分岔,露西指指左边。都是下坡路,转了个弯以后平坦起来。过了一会儿,小路蜿蜒进入一片灌木,辛克勒知道,如果没有露西,他一定会彻底迷路。他提醒自己,你为她做的和她为你做的一样多,并且再次想起换作其他罪犯会怎么做,他向来都知道自己是肯定做不出的。其他人带着大口径手枪或者猎刀来玩牌局,辛克勒则两手空空,因为不管是哪样东西,都会让它们的主人直接进太平间或者监狱。在这种场合他总是拍拍口袋,然后敞开大衣。"除了在座某位的钱包之外,我不会伤到任何东西。"他这么说。他亲眼见过两个男人被杀,但从未有武器瞄准过他所在的方向。

在另一座山脊附近,他们穿过一条只比泉水宽一点儿的小溪。沿着山脊走了一会儿,小路变宽了,他们走下山,又爬了上来。地面的起伏都似曾相识。山上空气稀薄,要不是辛克勒提水走过那么长的距离,他不会有精神走下去。他们继续前进,树木给他们遮阴,即便如此,他还是渴得厉害,不断希望他们能经过小溪，让他喝上几口。最后，他们来到另一处泉水旁。

"我得喝点水。"他说。

辛克勒跪在水边。水太浅了，他不得不斜着身体，一只手撑住自己，另一只手舀起水来滴滴答答地往嘴里送。然后他站起来，拍掉手上和膝盖上的沙子。树林一片寂静，没有风的呢喃，也没有鸟的歌唱。

"你要吗？"他问，但是露西摇了摇头。

树木遮蔽了大部分天空，不过他还是知道太阳开始落山。树林里地上的光斑越来越少，阴影越来越多。很快犯人们就要往回走了，少了一个人。等到晚饭时间，那些家伙用勺子在锡盘上刮豆子的时候，辛克勒已经坐在餐车里用银餐具吃牛排了。现在，典狱长肯定把维克瑞骂得狗血喷头，这还算好的，说不定都已经解雇了他。其他狱警们，那些被他耍得更厉害的家伙会解释起初为什么要推荐辛克勒当模范囚犯。

小路再次变窄时，一截树枝挂住了露西的袖子，撕坏了她的棉布裙子。她查看扯烂的布时，满口脏话让他大吃一惊。

"我没想到你这样一个甜美的小女孩竟然说出这样的话。"

她看了他一眼，辛克勒举起手来，摊开手掌。

"只是开个玩笑，亲爱的。你应该多带一条裙子。我是叫你少带点东西，但也不是叫你什么都不带。"

"说不定我就这么一条裙子呢。"露西说。

"你很快又会有一条的,一条漂亮的裙子。"

"如果真是这样,"露西说,"我就把这块破布当抹布用。"

她放下裙子。树枝擦伤了她的脖子,她用手指摸了摸,确定没有流血。要是吊坠在她的脖子上,项链可能会断,但是她把它放在口袋里了。他是这么猜想的。如果她匆忙收拾中忘记了,现在也不是提起这件事的好时机。

他们继续下坡时,辛克勒再次思索着一旦安全自由以后该怎么做。他开始注意到露西年轻和乡村的面具下粗糙的本质。或许他可以带着她,不用在第一站就甩了她。他曾经在诺克斯维尔和一个妓女一起搭档过,她进屋分散办事员的注意力,他偷走一切可以销赃的玩意儿。那个妓女没有露西看起来那么年轻和天真。露西的平庸模样也是优势——很难对警察描述她的长相。或许今晚在旅馆房间里,她会向他展示更多将她留下的理由。

小路转了个弯,开始上坡。他觉得这肯定是最后一段路了,并且告诉自己,他太他妈的想回到外面,不必像两条腿的羊一样四处游荡。辛克勒在枝叶间搜寻砖砌的大烟囱和发光的火车轨道。现在他俩都气喘吁吁,就连露西看起来也累坏了。

前面又有一条小溪穿过道路,辛克勒停了下来。

"我要再去喝点水。"

"不需要,"露西说,"我们就快到了。"

不一会儿,他就听到了金属扎进泥土的刺耳声响。杜鹃花太密,看不清楚。不管那是什么声响,都意味着他们真的已经接近文明世界。

"我猜也是。"他说,但是露西已经走到前面去了。

当辛克勒再次拽起松垮的裤子时,他决定买完票以后要做的第一件事情,就是找间服装店,或者拿几件晾衣绳上的衣服。他可不想看起来像个倒霉的流浪汉。即便到了城里,他们可能还得走上一段路才能喝到水,因此辛克勒跪了下来。有人在山脊旁吹了声口哨,刺耳的声音停止了。当他把手掌按进泥土的时候,发现旁边已经有一个掌印了,他自己的掌印。辛克勒看了一会儿,慢慢往后倒下,屁股碰到了鞋跟。他盯着两个星形的凹坑,泉水缓缓填满了新的掌印。

他知道没有人会听到枪响。不出几个星期,秋天来了,树木开始落叶,翻上来的泥土会被完全遮蔽。有人走过来时树叶沙沙作响。脚步停了下来,辛克勒听到来复枪的保险栓被打开时轻柔的喀哒声。树叶又开始沙沙作响,但是他筋疲力尽,根本跑不动了。他们想要衣服和钱,他告诉自己,他们没有理由让他多受罪。他用颤抖的手指握住衬衫最上面的纽扣,把它按进了条纹衬衫的扣眼。

美好的事物无法久存

当唐尼问起庞德先生有没有带回战争纪念品时,庞德先生回答,嗯,我觉得你可以这么称呼它们。那是八年前,那会儿庞德先生已经是个老人了,他的听力几乎和他那一半的牙齿似的,所剩无几。他的髋关节也不好,因此他雇了唐尼和我修建并粉刷他的农舍,让两个十五岁的男孩干成年人的活,只需付一半的钱。我们骑车从城里出发,八点前到达。收工时间理论上说是五点,但是等他出来告诉我们可以结束时,常常已经过了几分钟。我跟唐尼说,真好笑啊,他的手表只有在收工时才走得慢。五金店的本·里斯警告我们说,这个老家伙小气得很。但是总比修剪草坪强。

休息时间只有午餐时的三十分钟。我们坐在门廊上,吃他带来的东西,通常是腊肠三明治和薯片,就着可乐吃下去。他和我们一起吃,但是除了抱怨泼出来的油漆和弯曲的钉子,他从来不说别的。一部分的原因是他几乎是聋子,但是本告诉我们他向来对人不友善，哪怕是在他妻子去世前。我们在那儿度过了整个夏天，除了邮递员之外没有人来，邮递员也只是把账单和广告塞进生锈的邮箱便骑车离开。

但是那天，唐尼说等到十八岁，他想要加入海军陆战队，于是庞德先生就开始跟我们讲起"二战"中打日本人的事情。在那些岛上你甚至都不能算是人，他告诉我们。我们中的任何一个人能够回来，并且再次做人，都是奇迹。

听他讲这些事情令人心神不宁，不仅仅是因为活埋人，或者尸体炸飞到树上的故事，而是庞德先生讲述的方式，没有你以为的吹嘘，或者怒气冲冲。他的声音很柔和，始终近乎温柔地注视着我们。等他讲完，唐尼和我低头看着自己吃到一半的三明治，不知道该做什么或说什么，只好等着庞德先生吃完他的三明治，或者抱怨一番我们没有做好的事情。他就这样坐在我们对面的椅子里。他的眼睛湿润。我看看唐尼，发现他也在思索和我一样的事情——如果再没有人开口说话，庞德先生或许就要在我们跟前哭起来。唐尼问他有没有从战场带回来什么东西。唐尼结结巴巴地说，我的意思是说，纪念品。就是这时候庞德先生说我觉得你可以这么称呼它们，然后唐尼问能不能给我们看看。过了一会儿，他说或许我们是该看看，于是我们就去了前厅。电视和沙发之间有一只破旧的军用脚柜，庞德先生把顶上的杂志拿走，打开了它。

唐尼轻声说他打赌里面一定是一把日本手枪或者刀,也有可能是一把剑或者一面旗子。庞德先生在柜子里摸索了一会儿,找出了他想要的东西。他举起一只罐子,用粗糙的手把它递到我们跟前。里面有三分之一满,装着类似金纽扣的东西。他说,你们想想看,一个人要变成什么样才能做得出这种事,然后这个人在回家一年以后才感觉做错了。我很多次想过要埋了它们,但是做不到,仿佛就这样脱罪太轻易了。他把罐子放回纸袋。庞德先生告诉我和唐尼,不管怎么说,下回你们再看到那种拍得像儿戏一样的战争片,就想想罐子里的东西。然后他把罐子放回柜子里。接下来的整个夏天他都没有再提起过战争的事情,也没说起过别的。

"我想了想,"唐尼说,"这个老家伙还是欠了我们。天哪,他只付了我们一半钱,我们替他干活比上回铺沥青还卖力。"

唐尼从饭桌旁站起来,走向冰箱。冰箱和电视是拖车里仅剩的两样可以插上电源的东西。微波炉、录像机和空调都被当掉了,要不就是像他的车一样,不转了。尽管有电,但是前厅拉着帘子的窗户和一只赤裸的灯泡让这个房间看起来像个储存蔬菜的地窖。倒也不是说房间里除了空罐头和比萨盒就没有其他很多东西，角落里有一台发电机和一台电焊机，都是我们没有来得及卖掉的，还有两只四节电池的手电筒，是从同一个建筑工地偷回来的。唐尼拿了两罐啤酒，递给我一罐。

"你有没有在听我讲？"唐尼问。"那个从阿什维尔来的叫贝克的家伙说，他愿意付我们每盎司一千两百块。一千两百块。那个罐子里有差不多三盎司。我们得闯进多少去度假的人的空屋子才能搞到这么多钱。"

"你有没有告诉他那是什么？"

"我告诉他了，他说那又怎么样，总归是要溶化的。他才不在乎。他妈的，他告诉我有一个医学院学生每个月都带给他两块金表。"

唐尼看着我。他还在兴奋，但不会持续很久，我也不会。

"我们还剩下什么？"我问。

唐尼从前口袋里掏出一个塑料药罐，拧开盖子。他摇了摇瓶子，两粒药片掉在桌子上。我无比希望它们是粉红色的。

"哎，双幺。①"他说。

他把这两粒十毫克奥施康定片放在桌上，用指尖揉搓其中一粒，像是要确定它是不是货真价实。尽管他知道最好再等等，他

---

① 原文为 Snake eyes，美式俚语，指在掷双骰子游戏里掷出两个一点（游戏最小点数）这种结果，作为口头语常用以表达失望、沮丧情绪。

还是很想吞下去。

"有了这笔钱,马文就会为了我们压下价格来,让我们自己干。我大概还能要回我的车。"

"庞德几乎不出门。"我说。

"我们晚上趁他睡着的时候去,"唐尼说,"他八年前就屁也听不到了。你在他屋子里放狗他也不知道。"

"万一他听到了呢,或者看到了手电筒,"我说,"他至少有一把枪,而且你知道他会杀人。"

"我想碰碰运气,"唐尼说,"就我一个人进去。要是我俩都进去的话会碍手碍脚。你只要开车带我过去,帮我爬进窗户就行。我们今晚就干,到了明天这个时候,我们已经爽翻天了。"

我整天无所事事,被欲望弄得晕头转向。我盯着药片,无法挪开视线。有人欠了我伐木的五十块钱,那家伙躲着我。我开车找遍整个国家也要找到他。我把奥施康定药片放进嘴里,就着剩下的啤酒吞了下去。唐尼也吞了他那一份。我想起过去,一粒十毫克奥施康定片就能让我在太阳底下暴走半天,现在效用已经减弱了。

"你还没过够穷酸日子吗?"唐尼说,"每天都要拼命赚钱。"

"如果我们能搞到一些处方就好了。"我说。

"这不可能,"唐尼说,"现在就连马文都搞不到了。"

我们在那儿坐了一会儿。唐尼说得没错。我过够了穷酸日子。有时候是建筑工地或者伐木的临时工,有时候是在商店偷东西,或者闯进一间度假屋。钱总是刚够用。第二天早晨你又回到原状。一个星期别样的生活如同假期,就像他们在豪华游轮上那样随意漂荡,无忧无虑。

"偷了罐子就走,是吗?"我问。

"我知道你是个好学生,"唐尼说,"但是给我这个老朋友一点信任。我不会蠢到在里面耽搁时间。这就好像是特殊任务。找到目标,进入,迅速滚蛋。"

"几点?"

"午夜出发。"唐尼说。

"我们最好穿深色的衣服。"

唐尼笑了。

"你是说忍者服?"

"黑色的T恤和牛仔裤。"

"好啊。"唐尼说。

我从桌子边站起来。

"你可以一直待在这儿。"唐尼说。

我摇摇头,掏出钥匙。即便奥施康定开始起效,拖车还是让人窒息。我住在一间旧磨坊里,屋顶漏水,地板腐烂,但是至少不像是在仓库里。唐尼跟我走出去。这是一个美好的六月夜晚，太阳落山时空气也凉爽起来，白天的温度反而让此刻的凉爽变得更加宜人。

"我们过去总能在天黑前逮到鳟鱼。"唐尼说。

"是啊。"

"那会儿我们干活累得半死，还有力气在河里游上两个小时，"唐尼说，"我觉得年轻的时候简直无所不能。"

"我觉得也是。"我说。

我们眺望着波尔塞姆山。我知道我们都在回忆那些美好的夜晚。我们光着上身走进河里，只穿着牛仔裤和运动鞋。我们把水泼在头发上和胸口，让它带走燥热、汗水和泥污。有时候我们能逮住鳟鱼，有时候不能，不过那些都无所谓。

唐尼对我微笑。

"他妈的，我们都还没到二十五岁呢，说话的口气却像是要进养老院了。等我们明天弄到钱，就去搞些工具，在河里大干一场，逮一堆鳟鱼。买箱啤酒，把那些小坏蛋都油炸了。"

我点点头，尽管我知道什么都不会发生。

"嗯，我们就要这么干，"唐尼说，"就跟过去一样。我打赌三英里大桥底下一定藏着条大彩虹鱼，这次我要赶在你前面逮住它。"

我半夜捎上唐尼，开出107号公路，转进庞德先生的土路。我们经过的寥寥几间房子和拖车都已经暗了灯，里面的人睡得沉沉的。我们转了个弯，大灯闪过一只破旧的邮箱，上面写着"庞德"。房子是暗的。我又开了四分之一英里，调头，慢慢往回开。

"就停在路边也行啊。"唐尼说，但我还是开进玉米地里。

我熄灭车灯，颠簸着穿过几排老玉米，开得很远，直到路人看不到卡车。我调头面对着马路，关闭了引擎。唐尼打开手电筒，我也照做。我们下车以后，他从牛仔裤屁股后面摸出什么。他握着把手，我瞥见那东西是钢的。

"冷静，兄弟，"他说，"只是个螺丝起子，我用来砸窗或者那只柜子。"

庞德先生的房子和田地间有两棵巨大的白橡树，我们用它们做掩护。空中升起一轮圆圆的黄色月亮，还有一些星星。我们把手电筒藏在手心里，漏出一点光，足够看到跟前的几步路。卧室在后面，于是我们走上门廊，小心地挪动，不至于弄响地板。前门在窗户左边。唐尼示意我试试门球，虽然没锁的可能性微乎其微。门打开了。

"该死的，像是他邀请我们进去似的，"唐尼轻声说，把他的手放在我刚刚握住的门球上，"回卡车里去。看到灯光，你就准备发动。"

他慢慢地打开门，进去了。我关了手电筒，回到卡车里等待。车窗开着，但是凉爽的空气还是没法让我不出汗。我一直盯着房子看。前厅闪过一丝模糊的光亮，然后又消失了。我知道是唐尼的手电筒，但是我又禁不住想，如果我在这儿能看到它，那么房子里的人也能看到。奥施康定已经失效了，我发疯地想如果我把最后一粒留到现在就好了。我从仪表盘上拿下一包烟，点了一支。有一点用，足以让我的脑子放松一会儿。

我想起在河边度过的夜晚，不单单是我们为庞德先生工作的这一年，还有我和唐尼年满十六岁后的那个夏天，我们在高速公路上铺沥青。那份工作也很辛苦，特别是那些年长的家伙总派给我们脏活累活。但大部分晚上我们还是会去河边。高一的那个夏天结束后，我们开始和沥青队里那些辛苦的家伙一起出去玩。

最好的时光永远是天黑前。河水变得更安静，更平和，尤其是深深的池塘。有时候会有一窝蜉蝣，看起来就像是鹅卵石敲击了水面。这是鳟鱼的食物，但是它们小口地吃，不会溅出水花，仿佛不愿打破宁静。唐尼和我放下钓竿，我们知道一份诱饵敌不过一窝蜉蝣。我们不着急回家，便在岸边坐一会儿。唐尼或许会抽一支烟，但是除此之外，我俩一动不动。静谧仿佛漫入我们的身体，那些会充斥你大脑的琐事这会儿都变得无足轻重——家里的杂事，思虑你能不能去得了海军陆战队，或者有足够的钱去A-B技术学院[1]。

我陷入深深的回忆，一声关门声让我记起身在何处。满满一束手电筒光滑过庞德先生家门前的地面，过了一会儿，扫过树枝，照向天空。不管那是谁，看起来都像是在发信号。光束猛地向下，正好照在卡车上，我心想要是拿着手电筒的人还拿着枪怎么办。然后我听到歌声，知道是唐尼。他朝我跑来，一边唱着杰米·约翰逊的歌，一边往这儿打着手电。

"该死的，唐尼，"他跳上车的时候我说，"他或许是听不见，但是他能看见。他会报警的。"

"不用担心。"唐尼说，但是我发动卡车开出田地时，还是留意有没有灯光跟过来。

直到开过农舍，我才松了口气，唐尼打开顶灯时，我的胳膊还在发抖。他手里有一只纸包，看起来就是八年前的那只。

"我们今晚中了头奖，伙计，"他取出瓦罐来晃了晃，"像不像小时候的储蓄罐，但是里面装着的当然不是铜币。我还拿了别的。"

"我们说好了不拿其他东西。"我说。

---

[1] 全称"阿什维尔-班康技术社区学院"，是美国北卡罗来纳州的一所两年制公立社区学院。

"我没打算拿。"唐尼说,"里面太安静了。我是说,像这样的老家伙应该会打呼,至少呼吸声很响。我最后去了卧室,想看看他到底在不在家。他就躺在那张床上,死透了,像一截涂了焦油的树枝。他穿着衣服,胳膊放在两侧,像是在等棺材。"

"你肯定,"我说,"我的意思是,你肯定他死了?"

"老兄,我就不说细节了,"唐尼说,"但是他死了至少两天。"

唐尼从纸袋里拿出几张钞票。

"他的皮夹子就放在桌上。四十六块钱,他再也用不上了。"他说,又从口袋里掏出一副假牙,放在仪表盘上那盒香烟旁边。"这么老的假牙里面一定有上好的金子。"

唐尼把钱塞进牛仔裤口袋,团起纸袋扔在地上。罐子在他的两腿间,他用左手紧紧抓住,右手旋金属环。不行。他拿手电筒敲了敲,又试了一次。我听到唐尼旋开金属环时铁锈嘎吱直响。等他用螺丝起子撬开盖子,他把假牙从仪表盘上拿下来,和罐子里其他牙齿扔在一起,尽力拧紧盖子,放在我俩中间。

"该死的,"唐尼仍然喘着气,"这个老家伙死了还不让我们消停。"

土路开到头了,我向右转到19-23号公路。穿过大桥,开进市里,除了快捷商店,其他地方都关门了。我们经过了银行,它的标牌亮着，显示着时间和气温。

"天哪，现在才凌晨一点半，而且我们有钱，"唐尼说，"我提议去阿什维尔。乔迪·巴恩斯告诉我有个地方一直开到天亮。我们找两个女孩玩玩，早上兑了钱，再继续玩。"

我没有更好的主意，于是我说，好的。

"我想先洗洗，换上些好衣服，"唐尼说，"还是让女孩们打一开始就觉得我们是狂野的不法之徒？"

"我们上路吧。"我说。

"好的，"唐尼说，"我们先去找一趟马文，这样旅途才更有趣。"

我没有作声，在红灯处右转，开去了马文家。我注视着照在前面的车灯。我们横穿了城市，却没有碰到一辆轿车或是卡车。平常我会觉得这是种好运，今晚却感觉像是审判。

"你怎么那么安静？"唐尼过了一会儿问。

"那副假牙，"我说，"你不该拿的。"

"去你的，为什么不拿？"唐尼说，"我们从活人那儿偷了不计其数。如果你觉得愧疚，还不如对他们愧疚，他们在乎。反正他妈的那个老家伙肯定不在乎。"

唐尼从烟盒里掏出一支烟，点燃，抽了好几口才又开口说话。

"我们说完了吗?"

"是啊。"我说。

"很好。"

不出一会儿,我们就开进了马文家的车道。前廊的灯亮起来,我熄暗了车灯,关闭了引擎。

"我很快就回来。"唐尼说着,带上了罐子。

他踏上门廊,马文开了门,只穿着条短裤。被吵醒的马文看起来很不快,但是他和唐尼说了一会儿话,便敞开门,进了屋。

唐尼几分钟以后走出来,一手拿着罐子,一手拿着药瓶。

"兔崽子一开始还生气呢,毕竟太晚了,但是我一掏出罐子他态度就变了,拿出秤来。三又四分之三盎司。你算算有多少钱?"

"四千五百块。"

"没错,"唐尼说,"但是马文还得在纸上算。不管怎么说,我们把这当中的四千块放进他口袋,他以十二块钱一瓶的价格把药卖给我们。我们二十块钱卖给中学里那些嗑药的朋克,赚的钱够我们花很久了。不必马上做决定,但是我告诉你,我觉得这买卖真嗨。"

唐尼晃了晃瓶子。

"天哪,马文白送了这个。他说别多想了,以后再算钱。我们去搞些啤酒,然后磕嗨了坐着飞毯一路去阿什维尔吧。"

我们穿过城往回走,冲进快捷商店。推门的时候响起铃铛声,一个男人从储存室里走出来。这个地方每星期都在换人,所以我们从没见过那家伙也没什么奇怪的。店里和停车场都没有人,当唐尼打开冷柜的门拿出半打啤酒时,那家伙看起来有点紧张。

"够了吧,你觉得呢?"他说,我点点头。

我们正要走向收银台的时候,唐尼注意到商店后面的一排钓鱼设备。两副积了灰的泽伯科钓竿和卷线靠在货架旁边。唐尼把啤酒递给我,拿起一副钓竿来查看价格,按了下按钮,看看出线是否平滑,然后又看了看另外一副。

"我们拿到钱就回来买。"唐尼说。

"现在两点了,"收银台后面的男人说,"我要关门了。"

唐尼转过头去,手里拿着钓竿。

"你们的标牌上说会开通宵。"

"我现在要关门了。"男人又说了一遍。

他往停车场瞥了一眼,看得出来他非常希望有人推门进来,哪怕是开车经过也好。但是外面连个人影都没有。商店明亮的灯光下,只有他,我,还有唐尼。

"把酒拿去吧,"他说,"不收你们钱。"

"好吧。你态度真好。"唐尼放下钓竿，从我手里把啤酒拿了过去。

"是圣诞节还是什么好日子啊？"唐尼的脸上绽放出大大的笑容，"我们每到一个地方，都有人送我们东西。"

"快走吧。"男人说。

唐尼向门口走去的时候，我从钱包里掏出五块钱来，走向收银台。男人举起一只手，像是要挡住子弹。

"走吧。"他哀求。

"好吧。"我说，把钞票塞回口袋，跟着唐尼走向卡车。

我开出停车场。一出城，唐尼就递给我一粒粉色的奥施康定片，自己也拿了一粒。我把药片放在舌头上，就放在那儿。唐尼打开一罐啤酒，递给我。

"干了它。"他说。

奥施康定的糖衣开始融化。口腔里一股苦味，但是我希望这种滋味能再停留一会儿。我们过河时，遥远的堤坝边有一抹小小的灯火，是灯塔，还是篝火。远处，鱼在水流中扑腾，活在另外一个世界里。

丰饶而陌生

她沿着河边顺流往下走,把她仍然在享用野餐的父母和弟弟甩在身后。正好是复活节,她的父亲休了假。他们沿着阿巴拉契亚山脉往南走,先在盖特林伯格停了停,又在斯莫克停了停,最后来到这条河。她在瀑布上方找到一个地方,那儿的水流又浅又慢。这条河是佐治亚州和南卡罗来纳州的交界,她想要走到水中间,一只脚踩在佐治亚,一只脚踩在南卡罗来纳,等她回到内布拉斯加,她就能告诉朋友们,她同时到了两个州。

她踢掉凉鞋蹚进水里,水比她想象的要冷很多,迅速变深,漫过她的膝盖,平静的水面下,水流汹涌。她冷得发抖。远处的岸边,一片巨大的悬崖把这段河水覆盖在阴影里。她回头看了看父母和弟弟,他们坐在毯子上。那儿很暖和,太阳照在他们身上。她想要回去,但是已经走了差不多一半了。

她向前走了一步,水覆过她的膝盖。再走四步,她对自己说。再走四步,我就回去。她又走了一步,没踩到底,被水流卷走了，但是她并不惊慌，因为她上过急救课。河水变浅的时候，她的脸又露出水面，她使劲呼吸。她想要转个身，不至于把头撞到石头上，她第一次感到害怕，突然又被卷入水底，耳朵听到河水的轰鸣。她试图屏住呼吸，但是膝盖撞到了卵石，痛得倒抽一口气，水灌进嘴里。然后有那么一会儿水流变缓了，她伸出头来咳嗽、喘气，脚像船锚一样拖在水底，想要挂住浸水的木头或者卵石。当水流再次加速时，她看到她的家人正沿着岸边奔跑，她知道他们在喊她的名字，尽管她听不见。水流卷着她向前，她听到瀑布的声音，知道没有什么能阻止她坠入其中，水流越来越快，又一块卵石撞到了她的膝盖，但是她几乎已经感觉不到痛了。她呼出一口气，感到河水在下坠，她也跟着一起下坠，河水在她周围变成白色，她深深坠入了这片白茫茫中。浮起来的时候，脑袋擦碰到一块石板，水把她困在那儿，她告诉自己说不要呼吸，但是这种需求从胃部开始上升，穿过她的胸口、喉咙，到达她的口腔。她张开口鼻，肺痛得炸裂，接着疼痛又消失了，明亮的颜色像玻璃碎片一样散落在周围，她想起六年级时的科学课，教室背后鱼缸里的汩汩水声，粉笔尘埃的气味。那天早晨老师把一枚棱镜伸出窗户，棱镜里顿时注满了颜色，她产生了最后一个美妙的想法——此刻她就在那枚棱镜里，知晓了一些连她老师也不曾知晓的事情，棱镜的颜色是声音，像王冠一样围绕着她脑袋的声音。这时，她已经感觉不到的四肢停止了挣扎，她变成了河流的一部分。

搜救小队和警长在这天下午晚些时候来到瀑布。两个队员是兄弟，一个二十岁出头，一个三十岁。他们做木匠活，为从格林维尔和哥伦比亚来的律师和医生们搭建露台和屋顶，这些人在山里购置他们的第二套房子。还有一个潜水员，四十岁出头，在郡高中教生物。警长看了看手表，在峡谷日落前，他们最多还有两个小时。即便这样，潜水员也没有急着套上他的潜水衣和氧气筒。他抽了根烟，吞云吐雾间和警长聊了聊高中棒球队。他们以前就一起工作过，知道死神不是打卡上工的。

潜水员准备好以后，一截尼龙绳子紧紧地捆在他的胳膊底下。年长强壮的哥哥握住绳子的尾端。潜水员蹚进河里，绳子像拴狗绳一样拖在他身后。他把面罩放在水里浸湿，戴上，向前倾倒。岸上的三个男人注视着黑色的潜水脚蹼把潜水员推入河水无休无止的白色旋涡中。男人们坐在岸边的石头上等待。哥哥指了指上游的转弯处，他去年秋天在那儿抓到过一条五磅重的鳟鱼。警长问他是用什么做诱饵的，却没有听到回答，因为面罩在上游的浮沫里冒了出来。

哥哥抓紧绳子，用力拉，但是没用，直到其他人也来帮忙。他们把潜水员拉到浅滩，拖他上岸。他一边呛水，一边告诉他们说他在水流底下的旋涡里找到了她。她竖在那儿，脑袋、背和腿顶在石板上，只有头发在动，长长的发丝向上漂浮。潜水员靠近时，看见她的眼睛睁着。他用胳膊挽住她的腰，他们的脸只相隔几英寸。然后水流掀开他的面罩和通气管，把潜水灯卷入黑暗。

潜水员告诉跪在他身边的男人们说，女孩蓝色的眼睛像是有生命似的。他的胸口能感觉到她的心跳，还能听到她的低语。是在你掉了面罩之前还是之后，警长问。潜水员不记得，但是发誓说他再也不下水了。

弟弟嘲笑他，哥哥则觉得可能是深海昏迷，尽管那个水塘不会超过二十英尺深。但是警长没有忽视潜水员的话。他也见识过有关死亡的奇怪而令人费解的事情，却从没跟其他人说起，现在也不想说。我们会找到其他办法，他说，但是要等到水位变低一些，我才能让其他人下水。

自此以后，潜水员开始失眠。每天晚上他一闭眼，就看到女孩圆睁的蓝眼睛、漂浮的金发。他的妻子睡在他身边，蜷缩在他胸口。他庆幸他们没有孩子。他在当地报纸上见到那个女孩的父母。他们就在岸边，距离卷住他们女儿的旋涡不过三十英尺，他们脸上的表情已经出离悲伤。

第三天晚上，潜水员沉入深深的梦境，女孩出现了。他们又在旋涡里，但是这回，河水温热，他能够呼吸，他抱住她的时候，她轻声说这个世界比上面的那个更好，她不应该害怕。他挣脱了妻子的拥抱。妻子不断告诉他，只是一个噩梦，直到他不再喘息。妻子闭上眼睛，很快睡着了，但是他无法入睡，于是走去厨房，批阅实验室考试的试卷，直到天亮。

女孩还在河里。志愿者从河岸往水里扔铁钩，把它们当作穿透池塘的诱饵，或者站在浅滩和石头上，用长长的金属杆子戳来戳去。有些老前辈建议爆破，但是女孩的父母不答应。警长说一个星期不下雨就好了。

接下来的几个晚上，潜水员几乎无法入睡。课堂上，他把学生分成小组，让他们自己讨论分配到的章节。他知道他们在讨论毕业舞会，而不是蛹和茧，但他不在乎。第三天下午，他没有去参加教师会议，独自坐在教室里。学生都离开以后，学校很安静，只听得见鱼缸里汨汨的水声。在静谧的教室中到底发生了什么，他不会告诉任何人，包括他的妻子，但是晚上他对警长说，他要再潜一次水打捞女孩。

几天过去了。还是常常下雨，连绵的雨水把山脊的每道沟谷都变成了支流，将泥土和河水汇集成深深的橘黄色激流。河水所到之处，堤岸都被吞噬。但这只是表面。水底依然保持着安宁和静止，女孩的变化缓慢、温柔。小虾和小鱼如拆线般留意着松开的线头，把肉从骨头上剥下来。

然后雨停了，河水再次变得清澈。消失了几星期的卵石又重新浮现，沙洲和淤泥以新的形式组合在一起。河水变暖了，石蚕冲破水面，短暂地飞一会儿，又坠回自己的天地。

警长打电话给潜水员，告诉他水位已经足够低了，可以再试试。第二天，他们走了半英里路来到瀑布跟前。这次他们有五个人：警长，他的助手，兄弟俩，以及潜水员。警长坚持用两根绳子，确保它们都绷紧。河水比上回清澈，水阻更小。潜水员进入这片静谧，如同拉开窗帘，河流突然沉默无声。

她的残余比上回更少，眼睛不再是蓝色的，骨架上的肉也不见了。他触碰着曾经是一只手的部分。河流轻声对他说不会很久了。

他回到岸上，告诉他们她的尸体不见了，连一根骨头、一片衣服都没有剩下。他说上回那场大雨一定把她冲去了下游。弟弟说潜水员应该回去再搜索一下瀑布的左右两边，他坚持认为尸体一定还在那儿。助手建议放一个水下摄像机进水塘。

警长摇摇头说随她去吧。男人们沿着小路，回到车里，回到生活里。中午的太阳低垂刺眼。山茱萸绽放着小小的白色花朵。潜水员知道，不久花瓣就会掉落在河里，漂上沙洲，装饰着池塘的背面。潜水员还知道，花瓣会漂过激流，越过瀑布，坠入旋涡。它们会在剩下的骨头间打转，然后和骨头一样，重获自由。

切罗基

唐尼的皮带上扣着一只绿色兔子脚,脖子上挂着银质四叶草吊坠,他带上了所有能带来好运的玩意儿。当他们开车经过一块上面写着哈拉斯赌场的广告牌时,他闲着的手抚摸着绿色的兔毛,大概是希望真的能这样摸到好运。丽萨想起魔灯的故事,只要摩擦一下,便能许三个愿望。唐尼只想许一个——让她包里的一百五十块变成一千块。

"到星期一早晨几点为止?"

"十点。"唐尼回答。

"是银行的人过来拿,还是我们送过去?"

唐尼从路上收回目光,注视着她。

"我们会赢的,"他说,"大家都这么干。那个从富兰克林来的女人玩老虎机赢了两万块。"

丽萨看着车内里程计的最后一位数从九跳到了零。56240英里。比他们刚刚买下时多了九千英里。这辆福特皮卡看起来和他们十一个月前从停车场开出去时一样干净。每个星期天,唐尼都用吸尘器给车内除尘,然后清洗外部。轮胎用护理剂擦得闪闪发光。那天在福特汽车商店里她对唐尼说我们真的买不起,还是没能阻止能言善辩的销售掏出计算机,告诉他们只要适当理财,他们就能买。丽萨还记得唐尼签署完最后一份文件,从销售手里拿到钥匙时,是多么地骄傲。

唐尼在水泥厂的工时被削减前,丽萨就知道只要一点小小的厄运——生病、意外或者失业,他们就保不住这辆皮卡了。丽萨几乎都能预见,因为她见过类似的事情发生在他们公寓大楼的邻居身上,还有她的朋友,她自己的父母。不过她没有对其他人说过自己的担忧。唐尼是个好丈夫,他念高中时有点流氓,但是和丽萨结婚以后,便不再和那帮兄弟鬼混了,还戒了烟。星期六晚上他们去萤火虫酒吧跳舞,听乐队演出,唐尼喝完两瓶啤酒就不再喝了。他推掉一杯酒时,兄弟们都说,丽萨让你改邪归正了。唐尼和她很多女朋友的丈夫不一样,他从不花钱买昂贵的来复枪或者钓鱼竿,也不买奢侈的靴子和皮带。他工作时自带午饭。

丽萨开车的频率和唐尼差不多,他们终于有了一辆收音机和暖气运转正常的车,也不会遇到红灯就熄火。在他们三年的婚姻中,两个人都努力工作,唐尼是个水泥工,丽萨在比隆超市工作,但他们的生活并不宽裕。他们租住的公寓房间,地毯上有烟洞，天花板有裂缝，窗户望出去是砖墙。除了星期六晚上，她和唐尼很少外出。因此有一样能展示他们辛勤工作成果的东西还是不错的。唐尼表现得就像是一个拿到新玩具的小男孩一样骄傲，但正是他的孩子气在高中时吸引了丽萨。甚至就连唐尼惹的麻烦也是如此，翘课，或者在食堂里放了一只青蛙。他的孩子气还体现在他总是相信，下一次他肯定能逃脱惩罚。

他们接近81号出口时，路边出现越来越多的广告牌。画面上，赢家的手握成杯状，接住撒落下来的银币。其他人像教徒一样在跟前散发钞票，就连两手空空的人也满脸堆笑。唐尼松开兔脚，打了转向灯。他跟在一排车后面下坡，像他们一样右转。出现了更多广告牌，从圣诞乐园到宝石矿，应有尽有。

"我应该听你的，"唐尼说，"这样我们就不会蹚这摊浑水。"

"我们需要一辆不会每星期都出问题的车，"丽萨说，"如果我再迟到一次，我就要被开除了。"

"但是我们不需要一辆这么新的车。是我想要的，不是你。"

"我和你一样喜欢这辆车。"

丽萨把手放在他的胳膊上，抚摸着他的二头肌。唐尼曾经骨瘦如柴，直到他开始做水泥工，现在他的胳膊，还有肩膀和胸口都变得很厚实。星期六晚上他们跳舞时，这双手臂毫不费力地引领着她，于是她一周来所有的压力、抱怨的客人、暴躁的老板都一扫而空。

"我发誓我已经接受了教训,"唐尼说,"即便赢了钱也一样。"

"我们或许会赢钱的。"丽萨说,她也希望是这样。她摸了摸兔脚。"不试试怎么知道。"

他们经过一块上面写着切罗基印第安保留地的木牌,车流迅速变得寸步难移。人行道上挤满了游客,大多拿着购物袋,一些人舔着冰淇淋,喝着饮料。一个戴着浣熊皮帽子的小孩使劲拽他妈妈的裙子。一对老夫妇看了看餐厅的菜单。其中一块广告牌上写着"人人都有份",丽萨觉得确实如此。

"该死的,"唐尼说,"我上次来的时候,这儿还没那么大。"

再往前走,宾馆和赌场出现在跟前,甚至遮住了山脉。丽萨从未见过如此巨大的建筑,砖墙让它看起来像城堡一样牢不可破。她心想,怎么会有人想要和这么一个地方对着干。他们开进地下停车库,第一层已经完全停满了。他们在第二层找到一个车位,然后穿过阴暗的车库,标志上用醒目的红色字母写着赌场入口,像是最后的警告。

大厅里,一位保安站在电梯旁。他检查了他们的身份证,点头放行。电梯沉入嘈杂明亮的地方,一股烟味。无数赌博机左右排开。各色男女坐在它们跟前的凳子上,机器发出种种诱人的颜色和声音,喇叭里放着节奏猛烈的老式摇滚。唐尼指指吧台。他要了一罐啤酒,但是丽萨说她等等再要。唐尼拉着她的手,把她带去了无烟区。

"我们没有会员卡,"唐尼告诉她,"所以只好投币。"

"你来过几次?"丽萨问。

"两次。"唐尼说。

"两次都输了?"

"是啊。"唐尼坐在其他两个玩家中间。"但是事不过三,对吗?"

他的语气里带着希望,也夹杂着疑虑,像是在认真发问。

"我们可以押一块或者一百块,"他说,"你觉得十块怎么样?"

丽萨点点头,从钱包里掏出一卷钞票,递给他一张十块。

"学着点,"唐尼说,"你待会儿也能试试。"

机器把十块钱吞走了。一枚鲜红色的樱桃占据了屏幕,底下是一排滚筒。上面角落里显示出赢钱的数字组合和奖金。滚筒转起来又停下。唐尼按了一个按钮,这一回只有两个滚筒旋转起来。

"白废。"唐尼嘀咕着,又塞了一张十块进去,接着又是一张,又是一张。

周围太吵了,丽萨没法专心弄明白到底怎么玩,哪些该保留，哪些不该保留，除了三个一排，还有什么组合能赢钱。她又递了一张十块给唐尼时，他问她想不想试试。

"不行，"她说，"我搞不明白。"

"说得好像我就能搞明白一样。"唐尼轻蔑地说，转回机器跟前。

丽萨又从那卷钞票里拿出两张十块准备着，四处张望了一下。一个胡子灰白的男人坐在他们左边，只用右手操作，因为他的另一只衬衫袖子是空的。他的球帽上印着越战老兵的字样。他对面的家伙穿着一件金属乐队的黑色T恤，长长的皮夹从口袋里支出来，用链条拴在皮带上。他的年纪看起来并不比丽萨大。她等着唐尼从她手里再拿走一张钞票。但是他没有，丽萨转头看看机器。

奖金栏里面显示四十块。

"我们赢钱了？"她问。

就在唐尼点头的瞬间，四十块变成了三十块，她不禁想，不能说赢钱，会带来霉运。

唐尼再次按了按钮。出现了两枚樱桃，他保留了。中间的滚筒旋转，第三枚樱桃掉在另外两枚中间。机器呻吟着奏出音乐，奖金栏里出现了五百三十块。

"这回你转对了，小子。"一只胳膊的老兵说。

金属乐队歌迷也看着唐尼的屏幕,但是没有说话。

"过半了。"唐尼说,继续塞钱。

那个年轻人输了,咒骂着。他看了看机器,又去摸皮夹。丽萨瞥了一眼老兵的奖金栏。只有两块钱,等它滑到一块钱的时候,他看起来与其说是生气,不如说是吃惊。他戴着一块金表,丽萨惊讶地发现已经过去一个多小时了。她突然察觉到赌场里没有钟,也没有窗户。人们在这儿分不清是早晨、下午还是晚上,甚至分不清是哪天。

唐尼的奖金栏一度跌到四百二十块,但是半个小时后又回升到六百四十块。他站起来,把手放在屁股上,向后舒展了一下身体。

"我要再去喝一罐啤酒。"

"我去帮你买。"丽萨说。

"不用,我得稍微走动一会儿,"唐尼说,"你坐在凳子上等我回来。"

丽萨照做了,看着机器。

"过去大家把这玩意儿叫作独臂强盗,"老兵说,微笑地看着丽萨,"你说这是不是我赢不了的原因啊?"

丽萨不知道该怎么回答,就冲他笑笑。老兵把凳子转过来,面朝着她。

"你们从哪儿来?"

"西尔瓦。"

"我也从那片地方过来,"老兵说,"格林维尔。"

"离我们不远。"丽萨的眼睛依然注视着奖金栏。

"六百四十块了,"他说,"你们打算兑现吗?"

"还不打算。"她回答。

"疯了吧,"金属乐队歌迷加入了对话,"这些该死的机器已经快要放弃了,你们最好坚持住。"

唐尼回来了,丽萨站起来。唐尼坐下的时候,老兵伸出手来。

"我叫卢卡斯·帕金斯,但是别人都叫我帕克。听说我们住得很近。"

"他住在格林维尔。"丽萨说。

"我叫唐尼·汉普顿,"唐尼说着和他握了握手,"很高兴认识你。"

"我也是,"帕克说着,顿了顿,"能帮我一个小忙吗?"

"什么样的小忙?"唐尼问。

"你下次玩的时候,让我放十块钱进来。"

"我不觉得这是个好主意。"唐尼说。

"就一次,"帕克把钱塞给唐尼,"我只想沾点运气,这样我能记住好运的滋味。"

"如果我输了呢?"唐尼问。

"你什么都不用管,都算在我头上。"

唐尼把十块钱递给丽萨,下了二十块的注,按了按钮。数字停下以后,他保留了一枚樱桃。滚筒继续旋转,出现了一个七和另外一枚樱桃。

"真有你的。"帕克说。

"给他二十块。"唐尼说。

丽萨抽出两张十块的时候,金属乐队粉丝嘀咕着,转身回到了自己的机器前。帕克把钞票塞进裤子口袋,站起来指指啤酒罐。

"让我给你和你女人买点喝的。"

"不用了,谢谢,"唐尼说,"我待会儿可不想酒驾。"

"我还以为你俩住在酒店呢。"

"没有。"唐尼说。

"那我给你买点喝的吧。"帕克问丽萨。

丽萨想要来点可乐或者瓶装水,但是她摇了摇头。

"介意我摸摸兔子脚吗?"帕克问,"剩下的钱我要去牌桌上试试运气了。或许我会走运输得慢一点。"

"没问题。"唐尼说。

他用食指和拇指揉搓着绿色兔子脚。

"说不定以后什么时候我也能帮到你们。"帕克说着,消失在了一大堆机器中。

当奖金栏达到了七百块时,唐尼停下来,喝了一大口啤酒。赌场太热,烟味飘到了无烟区。丽萨很渴,但是她不打算离开唐尼半步,直到分出胜负。帕克的凳子还是没有人坐。那个年轻人已经不玩自己的机器了,只盯着唐尼的奖金栏看。

接下来的一个小时,数字忽上忽下。让丽萨想起狂风中的风筝,不断上升,但是很难停留在空中。当数字降到四百八十时,金属乐队歌迷和丽萨目光交会,他得意地笑了。丽萨想,你就在等着看好戏吧。数字上升时,他的笑容又消失了。

帕克回来了,手里拿着一把塑料的房门钥匙。

"还在努力啊,看出来了。"

唐尼点点头。

"我赢了三百块,"他说,把钥匙递给丽萨,"已经付过钱了,房间里的东西随便吃。"

"你不用这么客气,"唐尼说,"你不欠我们什么。"

"就当是再沾点好运气,"帕克坚持把钥匙塞给丽萨,"如果你们不住,只会浪费掉,还包括早餐。"

丽萨接过钥匙,心想要是他和唐尼输光了带来的一百五十七块,他们就当是花钱在豪华酒店住了一晚。

"谢谢你。"丽萨说。

"我很乐意,"帕克说,"如果你们来格林维尔,记得找我。"

丽萨看着他走进电梯。升到顶上时,他回望了一眼,脱帽致意,尽管丽萨并不知道他是对她,对唐尼,还是对所有玩家。丽萨查看了一下奖金栏,徘徊在四百八十,四百七十,四百六十。然后屏幕上出现了两枚疯狂的樱桃,唐尼保留了它们,按下按钮,第三枚樱桃掉入中间的卡槽,如同从树上坠落。机器乱响一通,奖金栏出现了九百六十元。

"我们成功了。"唐尼说。

他的声音像宁静的池塘,温柔,镇定,仿佛害怕自己会吓坏机器,把数字重新排列一番。

"还没有到一千块。"丽萨说。

"算上你口袋里的钱就够了。"唐尼回答。

"你们不会是想要兑现吧,"年轻人说,"你们得把好运气用到底啊。"

"没必要。"唐尼说。

他盯着那九百六十块,丽萨知道唐尼的脑子里还在盘旋其他数字,两千,三千,五千。他在想着把一年的租金付清,还有足够的钱来组建一个家庭,他们身边的混蛋或许是对的。丽萨知道他在想这些事情,因为她也是。她等着他抬头看她,大声地说出来。

但是唐尼重重按了一下兑现按钮,吐出一张白色纸条。

"小子,你得成熟点。"金属乐队歌迷说着,转身走开了。

唐尼瞬间像是要冲上去揍他,但是他脸上很快露出笑容。他们找到一个兑换机,唐尼把白色纸条塞进去,吐出来九张一百块的钞票,每张看起来都那么新,叫人几乎以为是机器当场做出来的,三张二十块也脆生生的。

"想回家吗?"唐尼问,他语气里的意思是他想回家。

"不要,我们待一晚吧,"丽萨说,"浪费免费的酒店房间和早餐不太好。食物和酒几乎都不要钱,我们可以庆祝一下,也不妨碍留着一千块。就当是个小小假期。"

"好吧,"他说,"我饿了,我们去找些东西吃吧。"

他们去了餐厅,炸鸡和蔬菜吃到饱,还有厚厚一块浇着冰淇淋的核桃派。随后,丽萨想要直接去酒吧,但是唐尼说他们应该先确认一下房间能不能进得去。他们坐电梯到六楼,沿着走廊找门牌号。这是丽萨见过最漂亮的酒店房间,比上回他们在盖特林伯格度蜜月的房间还好。水晶灯从天花板上垂下来,褐红色的地毯踩上去悄无声息。房间一侧,有一个装饰着镜子的小吧台,对面被罩起来的床上,枕套和床罩连一丝皱褶都没有。丽萨走到窗边，抚摸着天鹅绒的窗帘，眺望着向西往田纳西方向延伸的山脉，颜色越来越蓝。唐尼也过来和她站在一起。

"景色真美，"丽萨说，"我打赌有些山一直延伸到诺克斯维尔。"

"可能吧。"唐尼说。

丽萨把手心放在唐尼的脸上，嘴唇迎了上去。她想要拉着他上床，但是时间充裕，他们还有之后的夜晚，以及早晨。

"我们走吧，"她说，"我想去喝杯酒，那种五颜六色、杯子上还插把小伞的。"

他们坐在吧台边，丽萨从塑料酒单上选了椰林飘香。唐尼则和在萤火虫酒吧一样，要了一杯生啤。酒端上来以后，他们转过椅子，看着机器前的玩家们。灯光和噪声让丽萨想起小时候逛过的集市，只不过少了摩天轮。她喝完一杯，唐尼的杯子还是半满的，于是他叫她继续，再点一杯。她又要了一杯，蓝色的液体在杯子里闪着微光。赌场明亮的灯光很快开始消逝。低音贝司把她的身体带入音乐，丽萨想和唐尼跳会儿舞，但是没有舞池。

她的杯子空了，唐尼的也是。平时她最多喝两杯酒，但是离开日常熟悉的一切感觉太好了，人们通常不会有这样的好运气，而且还是两次。她不由想这是她和唐尼在一起以来最好的日子，比他们的订婚日或者共度的第一个圣诞节都好，甚至比他们结婚的那天都好。

"事不过三,对吧。"丽萨看着酒单说。

"今天是个好日子。"唐尼说。

丽萨叫来酒保,又要了一杯酒,也为唐尼要了一杯啤酒,尽管唐尼并没有叫她这么做。这杯酒是绿色的,比刚才的更甜,仿佛液体糖果。她小口喝着,看着其他玩家。很多人两手空空地从椅子上站起来,但是有一些人拿着白色小纸条去了兑换机。一个穿着蓝色连体裤的女人正在拥抱牌桌旁的男人,工作人员递给他们一叠钱。

"他们怎么没有白色小纸条?"丽萨问。

"如果你赢了超过一千块,"唐尼说,"工作人员就直接付现金。"

丽萨把椅子往吧台拖了拖,她注视着唐尼,也注视着赌博机。他热切地看着那些玩家,但是她无法分辨那是出于渴望还是仅仅好奇。两千,三千,四千,五千。在酒精的催眠下,这些数字仿佛在她眼前翻滚。她对自己说,两次好运难道不会带来第三次吗?吸管里吸不出东西,丽萨掀开小伞看了看,确定杯子已经空了。房间在倾斜,丽萨把杯子放回吧台时差点摔倒。她咯咯笑着。唐尼打开她的包,拿出一张二十块和一张十块的,放在吧台上。

"你是我的幸运男孩。"丽萨说,他带着她穿过赌场,坐上电梯,经过走廊回到酒店。

唐尼没有松开胳膊,直到他们回到房间。他一松手,颜色柔和的墙壁就旋转起来。丽萨跌坐在床上,朝他笑。

"过来陪陪我。"她说,但是房间倾斜得更厉害。她闭上眼睛,一切才停下来。

丽萨睁开眼睛的时候,嗓子冒烟,头痛得厉害。外面很亮,她想去把窗帘拉上。床头钟显示九点二十分。她翻了个身,发现唐尼不在。他也不在浴室,也不在阳台。

她又在床上躺了几分钟以后,起床穿衣服。她没有看皮包,不想看。相反,她穿过走廊走向电梯。随着电梯下沉,丽萨注视着数字亮起来,又暗下去。电梯门打开以后,她走进大厅。早餐区域吵吵嚷嚷的。老女人戴着紫色的帽子,松饼摊旁边堆满写着名字的标签,孩子们在房间里跑来跑去。一个看起来和丽萨一样宿醉的男人对着纸盘子里的水煮蛋露出痛苦的表情。

丽萨打算离开时,发现唐尼独自坐在他们中间,手里拿着一只塑料咖啡杯。她心里有什么东西咯噔了一下。她打开包,所有钱都在。电梯在她身后关拢,她向男人走去,他和她一样,知道他们的好运不会久存。

地图终结的地方

他们已经逃亡六天,大多晚上出行,同时还得留神猎犬的吠叫。要问这个男人的年纪,大概四十八、四十九,或者五十岁——他也不太确定。他的头发剪得很短,像是灰色的羊毛缝在一张红木般黝黑的脸上。一盏提灯在他身侧晃来晃去,用来固定它的麻绳摩擦着他左侧肩膀上隆起的鞭痕。他的右手抓着一只麻袋。他的同伴十七岁,肤色略浅,像一枚经常使用的金币。年轻人的头发更长,发卷泛红。他拿着地图。

当小坡变成山丘,旅途也更艰难起来。他们带的食物几天前就吃完了。麻袋里装着田里摘来的玉米和秋葵、鸡窝的鸡蛋、果园的苹果。地面愈发陡峭,他们一直喘不过气。年轻人气恼地说,我听说这儿的白人很穷,但本以为他们至少空气充足吧。地图上又显示了一个村庄,吹岩镇,再远处有一条河,一座木板桥。桥的上方有一个箭头。再过去,便是空白一片,仿佛没有什么词语或者记号能够描述逃亡者寻找的未知。

日落时分他们过了桥。靠近第一间木屋时，一条猎狗冲他们乱叫。于是他们继续往前走。年轻人非常疑惑，他们怎么知道哪个地方，或者哪户人家信得过呢。逃亡者经过一幢两层楼的农舍，看起来挺豪华。年长的男人说，继续走。天色渐暗时，一间木屋和一间谷仓出现在他们面前，前窗透出光亮来。尽管他俩现在都已经看不清脚下的路了，却还没有点亮提灯。他们经过一片小小的果园，不一会儿，男人拉着同伴的胳膊，带他离开小路，拐进牧场。

"我们去哪儿，维提卡斯？"年轻人问。

"在谷仓里休息到天亮，"男人回答，"没有人喜欢陌生人半夜敲门。"

他们进了谷仓，摸到梯子，爬上阁楼。透过木板的缝隙，逃亡者能看到木屋的窗户亮着灯。

"我饿了，"年轻人抱怨，"把灯给我，我去搞些苹果。"

"不行，"他的同伴说，"你觉得有人会帮助偷他东西的人吗？"

"少了几只苹果不会发现的。"

男人没有理他。他们躺在稻草上睡着了。

牛铃吵醒了他们，一头牛缓缓走进谷仓，一个穿着破衣服的男人提着桶跟在后面。大半张脸上覆盖着乱蓬蓬的灰胡子，稀疏的头发中夹杂着几缕棕色。他又瘦又高,脖子和后背都向前佝偻,像是常年低着头。农民把凳子放在奶牛身旁时,一只灰猫走过来,趴在旁边。牛奶喷进铁桶,嘶嘶直响。逃亡者透过缝隙偷看。年轻人的肚子叫出声来。同伴用胳膊肘推了推他,他低声说,我不是故意的。桶装满以后,农民把一只乳头对准了猫。牛奶溅在小家伙的脸上,它伸出舌头舔个不停。农民提着桶站起来时,年轻人调整姿势,想要看得更清楚。几根稻草从缝隙里滑出来,掉了下去。农民没有抬头看,但是他缩起肩膀,空着的手攥紧铁桶,飞快地离开了谷仓。

"你坏事了。"男人说。

"他总会见到我们。"年轻人说。

"但是现在还会多出一把对准我们的枪,"维提卡斯轻声说,"别懊恼了,快点下梯子。"

他们爬下阁楼,看到了之前没有发现的东西。

"我一点也不喜欢这玩意儿。"年轻人指指那根从阁楼房梁上垂下来的绳子。

"从谷仓前门出去,"他的同伴说,"我想让那个白人看到我们两手空空。"

走出去以后,他们清晰地看见了农田。一排排庄稼之间杂草丛生,果园没有打理过,木屋又小又破,最多就两个房间。他们看着农民走了进去。

"他连个屋顶都快没了,你怎么知道他会有枪,"年轻人问,"上校连猪都不会养在这种鬼地方。"

"他有枪。"男人回答,把提灯和麻袋一起放在地上。

一只乌鸦哇哇叫着飞过头顶,停在玉米地里。

"他好像对庄稼也不太在意。"年轻人说。

"他在意。"男人更像自言自语,而不是对他的同伴说话。

年轻人走进谷仓的角落,朝木屋张望。农民走了出来,右手拿着一把燧发枪。

"他真的有枪,而且已经上了膛,"年轻人说,"去他妈的,维提卡斯,我们得快走。"

"去哪儿?"他的同伴说,"我们已经跨过了地图的边界。"

"我们不应该拼命逃跑的,"年轻人焦躁地说,"我就知道不应该这么做。现在回去的话,上校不会再让我打理马厩。没有这样的好事。上校会派我和你们其他人一起在田里干活。"

"这个白人还什么都没做,"男人柔声说,"伸出手来,让他看到你粉色的手心。"

但是年轻人转身冲进玉米地。摇晃着的麦穗显示着他的方向。他一直跑到田地中间才停下来。年长的逃犯苦笑了一下,又往谷仓外走了两步。

农民走进牧场,胳膊上架着燧发枪。一切玩笑的迹象都被隐藏在了胡子下面。年长的逃犯没有举起手来,但是他把掌心朝外。

白人从西面走来。升起的太阳让他眯起眼睛。

"我没有偷东西,先生。"黑人说,农民在他跟前几码远的地方停住了脚步。

"你真有礼貌。"农民回答。

黎明斜斜的日光让白人抬起手来搭在眉毛上。

"回到谷仓里去,我能看得更清楚些。"

黑人看了一眼绳子。

"别管那根绳子,"农民说,"不是我挂在那里的。是我老婆干的。"

逃亡者不断后退,直到他俩都走进谷仓。那只猫又出现了,蹲坐在那儿,看着两个男人。

"你从哪儿来?"农民问。

黑人的脸上露出戒备的茫然表情。

"我不会把你送回去的,如果你是在担心这个的话,"农民说,"我从不和他们扯上瓜葛。你知道是这样,所以才来这儿的吧?"

黑人点点头。

"那么你们从哪儿逃出来的?"

"威克郡，巴克利上校的家。"

"我猜他一定有幢大房子，铺着豪华的地毯什么的，"农民说，"还有很多你这样的人帮他保持房子的干净和漂亮。"

"是的，先生。"

农民看上去很满意。他没有松开枪栓，但是枪筒现在对着地面。

"你知道越过边界去田纳西的路吗？"

"不知道，先生。"

"不是太远，但是你需要一张地图，尤其是如果你想避开闲杂人等的话，"白人说，"你昨晚到的？"

"是的，先生。"

"有没有吃些苹果？"

黑人摇摇头。

"你的麻袋里有吃的吗？"

"没有，先生。"

"那你肯定饿了，"农民说，"弄些苹果吃吧。如果你口渴的话，那儿还有泉水。我去木屋里给你找张地图。"白人顿了顿。"如果你愿意的话，带些玉米走，告诉那家伙别躲在那儿了，除非他自己喜欢这样。"

农民回到木屋。

"出来吧,小子。"维提卡斯说。

玉米穗摇晃着,年轻人又出现了。

"你听到他说的了?"

"我听到了。"年轻人回答,向果园走去。

他们各自吃了两个苹果,才去了山泉。

"从没喝过那么冰的水,现在可是盛夏呢。"年轻人说着喝了个够,"上校说这儿四季都下雪,下雪的时候,看不见路,什么都看不见。汉尔姆主人家的男仆去年夏天逃跑了,上校说他们找到他的时候,他冻得像张扑克牌。"

"你相信这鬼话,那你真是傻蛋。"维提卡斯说。

"我就说说。"年轻人回答。

"嗯哼。"年长的男人说,但是他没有看着年轻人,却望着远处的牧场。

两个土堆挨在一起,用一块溪石做标记。翻起的泥土上长出一些杂草,但是只有几根。年轻人也从泉水里抬起头来,望了过去。

"天哪,"他说,"这个地方真是让人不得安宁。"

"得了吧。"维提卡斯说。

逃亡者穿过果园往回走,等在谷仓前。农民回来了,一手提着桶,一手提着燧发枪。

"他怎么还是拿着枪?"年轻人问。

年长的男人说话时几乎没有挪动嘴唇。

"因为他没有蠢到随便相信两个陌生人,尤其是你还逃跑了。"

农民穿过牧场的时候一直注视着年轻人。他把桶放在他们跟前,又盯着年轻人的脸看了一会儿,才转向年长的逃犯。

"这儿有玉米饼和高粱糖浆。"农民指指桶,"我女儿昨天带回来的。她没有她妈妈的手艺,但是也能填饱肚子。"

"谢谢你,先生。"年轻人说。

"我是带给他的,不是你。"农民说。

年长的逃犯没有动。

"来吧,"农民对他说,"把玉米饼从桶里拿出来,抹上糖浆。"

"谢谢你,先生。"年长的逃犯说,但他还是站着没动。

"怎么了?"白人问。

"我还是想要分一点……"

白人露出为难的神情。

"他配不上,不过反正错过的是你的肚子,跟我没关系。"

年长的逃犯拿出一块玉米饼和糖浆罐。他把饼浸在糖浆里,递给年轻人,年轻人一言不发地接了过去。两个人都没有坐在草地上,只是站着吃。他们吃完以后,年长的逃犯小心地把碗放回桶里。他后退两步,再次感谢了农民,但是农民仿佛没有听到。他蓝色的眼睛注视着年轻人。

"你也是巴克利上校的人?"

"是的,先生。"年轻人说。

"一辈子都在那儿?"

"是的,先生。"

"你的妈妈呢,你出生前她就在上校那儿了吧。"

"是的,先生。"

农民点点头,他的视线转向了谷仓,过了一会儿又移回年轻人身上。"上校是红头发的吗?"

"你认识上校?"年轻人问。

"不认识,他就是那种人,"农民回答,"你们叫他上校。他打过仗?"

"是的,先生。"

"他真的是上校,我是说军衔?"

"是的,先生,"年轻人回答,"上校带了一整个军团北伐。"

"你是说,一整个军团。"

"是的,先生。"

白人啐了一口,用衬衫袖子擦了擦嘴。

"我费尽功夫没让我儿子打仗,"他说,"这儿有个地方,征兵的家伙绝不可能找到他,但他还是去了田纳西。你们知道我告诉他的最后一件事是什么吗?"

逃亡者们等待着。

"我告诉他如果卷入交战,找到那些躲在前线后面、穿着华丽制服、帽子上配着羽毛的家伙。我说打的就是他们,因为他们这帮婊子养的挑起了战争。我儿子能在五十码外打下松鼠,我希望他能干掉一两个家伙。"

年长的逃亡者犹豫了一会儿,说道:

"他是为林肯先生而战吗?"

"不再是了。"农民说。

向西望去,参差不齐的土地连绵不绝,一片青蓝色。年长的逃亡者眺望了一会儿远山,又把视线移回农民身上。年轻人把靴子尖伸进草里,磨出一个小小的凹槽。他们像过去一样等待着白人讲完话,打发他们走,不管是他们的督查、主人,还是眼前的农民。

"这位上校,"农民问,"他如今在弗吉尼亚吗?"

"是的,先生,"年长的逃亡者说,"据我所知是这样。"

"在里士满附近,"年轻人补充说,"这是小姐的厨子听说的。"

农民点点头。

"黑鬼帮他干活,白鬼帮他打仗。"他说。

太阳已经升到了头顶。汗珠在白人的眉毛上闪烁,但是他没有抬手去擦。年轻人清了清嗓子,看着他在地上磨出来的小记号。现在农民只看着年长的逃亡者了。

"我需要你明白一些事情,但是不说出来你也不会明白,"农民对男人说,"收到消息以后,我半夜醒来,多茜总是不在我身边。我常常在门廊里找到她,她只是坐在那儿,盯着黑暗的夜色。有一天晚上我醒来,她不在门廊。然后我在这个谷仓里找到了她。"

农民顿了顿,像是在等他们说些什么,但是他们什么都没说。

"我和多茜有三个女儿,她们都健康地活着,她们的孩子也是。你们可能会觉得,这对她来说也足够了。你们或许会想,失去独生子对于父亲来说更痛苦,因为死后没有人能继承姓氏。但他是最小的儿子,女人晚来得子总是格外珍惜。"

"谷仓里的绳子,"农民说着,从外套口袋里掏出一把巴洛刀,"这几个月来,我一直让它挂在那儿,觉得自己可能会用得上,但是每次我准备好要用的时候,总有事情阻止我。"

农民指了指马厩门边的那卷麻绳,把刀扔给年长的逃亡者。

"割一段你胳膊长度的绳子下来。"

逃亡者从鹿骨刀鞘里拔出刀刃。他走进谷仓的遮阴里,割开绳子。农民举着枪示意。

"把他的手绑到背后。"

男人犹豫了。

"如果你还想去田纳西的话,"农民说,"你就得照我说的做。"

"我不喜欢这样。"年轻人嘟哝着,但是他也没有反抗,他的同伴把绳子在他手腕上绕了两圈,又打了一个结来固定。

"把巴洛刀扔给我。"农民说。

年长的逃亡者照做了,农民把刀放进前口袋。

"好了,"农民说,指指麻袋,"你有火吗?"

"有打火石。"男人说。

农民点点头,从口袋里掏出一张薄薄的纸。

"《圣经》的纸,我只有这个。"

年长的逃亡者接过纸,打开。

"这个X就是我们的位置,"农民指着西面一座山,"穿过山脊,朝那座山走。你会在山脚看到一条小路,往右走。很快会出现一条小溪,你沿着溪水走,走到头。爬一点山,会看到一片山谷。就到了。"

"那他呢?"男人说起年轻人。

"不关你的事。"

"那当然。"男人说。

"现在就走,天黑前就能到田纳西了。"

年轻人的肩膀哆嗦起来。他看了看同伴,又看了看白人。

"你没道理把我绑起来，"年轻人说，"我不会给你添麻烦的。你告诉他啊，维提卡斯。"

"他跟着我不会惹麻烦，"年长的逃亡者说，"我答应他母亲照顾好他的。"

"你也答应他父亲了？"农民注视着年长的逃亡者的肩膀，"看看这些伤疤，我就知道你很高兴我这么做。我估计你每次看到他的红头发，都很想亲手杀了他。"

"我没想要躲起来，"年轻人说，他的呼吸又短又快，"我就是看到枪吓坏了。"

"走吧。"农民对年长的逃亡者说。

两小时以后，他走到溪边。一边的肩膀挂着麻袋，一边的肩膀挂着提灯。他开始爬山。倾斜的地面太湿滑，他不得不抓住杜鹃花丛的枝条，才不至于摔跟头。

没有任何招牌或者传单提示他已经进入田纳西境内，但是当他爬上山顶，山谷呈现在他面前，他望见底下一幢木屋，旁边的旗杆上飘扬着林肯的旗帜。他伫立在傍晚的暮光里，在数日的跋涉以后，享受着山谷的辽阔。地面连绵起伏，一路通往太阳和土地连接的地方。他拉了拉麻绳，不让它摩擦到伤疤。他想到什么，皱了皱眉头。然后继续往前走，不再回望。

II

历史的仆役

自从受雇于英国民族舞和民谣协会以来,威尔森就把自己当成是历史的仆役。事实上,还是个非常鲁莽的仆役。他不是那种在教室的粉笔灰里嘟哝着葛兰格林德①式教条的大学老师,而是在新世界冒险的卡列班。从伦敦来的船上,威尔森向乘客们解释在英国失传的民谣或许还存在于美国阿巴拉契亚山脉中。不少年轻女人相当吃惊,并且表达了对他安危的担忧。一位男乘客被逗乐了,他是个粗野的佐治亚州人,他觉得威尔森满口"老兄",不像是个冒险家,倒像是舞蹈大师。

威尔森离开火车站,并把行李存放在蓝山旅馆以后,沿着契尔瓦的主干道走了走。小镇名字的田园风情并没有立刻彰显。木屋和帐篷、牛群和小酒馆也完全看不到。相反,货真价实的房子围绕在小镇边缘,大多装修豪华。广场上,有一座纪念"一战"

---

① 狄更斯小说《艰难时世》中声名狼藉的校长。

的大理石雕像。各种广告招牌上写着牙医、医生、律师，甚至糖果商。男人没有挂着塞了"手枪"的枪套，女人也没有穿靴子和马裤。汽车比马多。一切都让威尔森无比失望。直到此刻。

威尔森走近时，老人正把他的马和马车拴在一根柱子上。他没有穿鹿皮，但是他长长的灰胡子、破烂的外套、钉着平头钉的靴子和草帽都说明他是位真正的村夫。老人啐了一口烟液算作是打招呼，他讲话时爱尔兰土音浓重，威尔森不得不让他重复两遍。然后威尔森迟疑地传达了他雇主的意愿。

"英国，"村夫说，"你从那儿来？"

"什么？"威尔森问，老人又重复了一遍。

"啊，"威尔森说，"我从哪儿来？"

村夫点点头。

"是啊，先生，我从英国来。我正在搜寻不列颠民谣。很多在我们国家失传已久的老歌或许能在这儿找到。但我不过是个访客，简直毫无头绪。旅馆老板建议我找找上了年纪的居民，像您这样的，或许能帮到我。"

威尔森顿了顿，从那张胡子拉碴的脸上寻找一丝感兴趣，或者至少是理解的迹象。面试的时候他被警告说这次旅途很具有挑战，尤其是对于一个刚刚走出大学的年轻人来说，况且他的履历上没有怎么体现学术志向，当然这一点并没有明说。事实上，威尔森是协会的第三候选人，他被雇佣是因为第一候选人决定去印度试试运气，第二候选人从酒吧里喝醉了出来，被电车撞了。

"当然，如果您帮我找到这样的民谣，除了表达谢意之外，我还会支付一笔可观的费用。"

老人又啐了一口。

"多少钱？"

"一天三美元。"

"我能帮你挖出些小曲儿来，"村夫说，指指马车，"但别高兴得太早。我们得去很远的地方。"

"什么时候能出发呢？"威尔森问。

"明天中午。你待在旅馆？"

"待？"

"是啊。待，"老人说，"睡。"

"是啊。"

"那我去接你。"村夫继续拴他的马。

"我能问下你的名字吗，先生，"威尔森说，"我叫詹姆斯·威尔森。"

"埃古·巴瑞夫。"老人回答。

第二天中午十二点，他们从契尔瓦出发，威尔森的旅行袋放在车厢里，他则和埃古·巴瑞夫一起坐在马车上。他们穿过美丽的农田,周围都是漂亮的房子,但是当他们进入更深的山脉时,房子变小了,有的还歪歪斜斜,大多没有粉刷过。威尔森高兴地看到第一间木屋,接着又出现更多。他们拐出了"收费道路",巴瑞夫是这样称呼它的,驶上一条满是杂草和泥土的小路。随着海拔的增高,十月的空气变得凉爽。山脉倾斜,巨大的岩石从树丛中穿出。荒蛮感唤起古旧的时代,威尔森觉得,正是这样的地貌和原住民,让阿尔比恩的音乐得以在此流传。

他再次想起他的大学教授,每场单调的讲座如同遗忘之河[①],沉没于他心中仅存的那些换取学位的知识中。然而如今詹姆士·威尔森将告诉他们,历史不仅仅是他们那套僵化的蠢话。历史是流动的图书馆和教室,存活于这个世界,人类口口相传。不然为什么甚至连他这位目不识丁的导游,都拥有一个伊丽莎白时代戏剧里的名字呢。

一条红黑相间的蛇滑过小路,消失在石头裂缝里。

"我猜是条毒蛇。"威尔森说。

"不是,"巴瑞夫回答,"不过是条小蛇。"

不一会儿,他们蹚过了小溪。

"我们在麦克道尔的地盘了。"老人说。

---

① 希腊神话中冥界一河流,死人灵魂饮其水会忘记生前之事。

"麦克道尔?"威尔森问。

"你们大概是这么念的。"巴瑞夫回答。

"我以为这个家族来自苏格兰,"威尔森说,"不过那是很久以前了。"

"他们在这儿很多年了,"老人说,"他们是个大家族。我们要去见的人是他们的曾祖母,她还活着。她差不多有一百岁,头脑却和刚磨过的斧头一样锐利。她知道那些小曲儿,还有你想知道的一切。但如果他们不喜欢你,会有点暴躁。"

"如果我的英国人身份让他们不舒服的话,"威尔森声称,"那很好办。我的父亲是正统英国人,我一直住在英国,但我的母亲是在苏格兰出生的。"

巴瑞夫点点头,晃了晃缰绳。

"离山谷已经不远了。"他说。

马车登上了最后一座山丘,映入威尔森眼帘的不是破旧的木屋,而是一幢装着玻璃窗的洁白农舍,屋顶闪亮得像是刚刚锻造出来的银币。他提醒自己说,在这幢看似现代的房子里,有一位百岁老人正在等他呢。房子的左边是一片没有耕种过的田野,右边有一间谷仓。山谷深处,牛和马在开阔的牧场上散步,身侧烙着字母 M。

一个五十来岁模样的男人走出门廊,看着他们。他穿着外套和一件格纹衬衫，没有拿枪。

"那是卢瑟。"巴瑞夫说。

"我以为他们会带枪迎客。"

"他们现在不太这样了，除非有什么特殊原因，"巴瑞夫回答，"他们遵循传统，我们是他们的客人。"

马车驶进院子里，巴瑞夫踩住刹车，他们从马车上爬下来，走上台阶。两位村夫亲密地打招呼，尽管主人称呼老人为"瑞夫"。威尔森也走上前去。

"我是詹姆斯·威尔森。"他说着，伸出手。

"很高兴认识你，詹姆斯，"那个人回答，"叫我卢瑟好了。"

主人接过威尔森的旅行袋，打开门，后退了两步，让客人们先进屋，在支起的壁炉前暖暖身体。客厅慢慢呈现在他们面前。壁炉架上有一台旅行钟，旁边放着一排书，包括意料之中的家庭版《圣经》，但是还有一册叫《苏格兰宗族》的厚书。再往里走，一位白胡子长老的装框银板照片占据了整面墙，对面挂着一块红黑相间的格纹花呢布，底部烧焦了。壁炉一边有两把梯背椅，另一边放着一把硕大的温莎椅，裹着漂亮的红丝绒。

"请坐，"主人说，"我很远就看见你们了，为你们生了火。"

一位中年女人捧着银托盘出现在客厅里，上面摆着面包、果冻、咖啡、银餐具、茶碟，还有两块餐巾。卢瑟在客人中间放了张脚凳,女人把托盘放了下来。

"这是莫利,"主人说,"我太太。"

女人微微红了脸。

"我们刚刚吃过午饭,"她说,"如果知道你们要来,我们应该等会儿的。"

和巴瑞夫一样,卢瑟和他妻子有明显的口音,但他俩说话彬彬有礼,词语结尾都有 d 和 g 的口音。巴瑞夫坐下,把餐巾掖在下巴底下,颇具喜剧天分。威尔森也坐下,这才看到已经有人坐在温莎椅上了。

老妇的脸是核桃壳颜色的,皱皱巴巴。肩膀上盖着件黑色披肩,遮住她缩成孩子大小的身体。她看起来不像是坐着,而是陷在椅子里,脑袋和身体沉进柔软的垫子,鞋尖碰不到地板。但是瘦小的女人不如巨大的椅子令人震撼,丝绒衬垫的椅子给人皇室的权威感。

"奶奶,"莫利说,"我们有客人来了。"

威尔森站起来。

"很荣幸见到您,夫人。"他说着,稍稍鞠了个躬。

"这位是詹姆斯·威尔森,"巴瑞夫说,突然用起全名,"他从英国过来学习老歌。"

女主人眨了眨眼睛,盯着威尔森。她的眼睛是最浅的蓝色,仿佛时光洗去了大部分色彩，但是里面闪烁着活力。威尔森坐了回去。

"他想要学歌，然后带回英国去。"巴瑞夫补充，像是在威尔森头顶挥舞着英国国旗。

"我确实是从英国来，夫人，"威尔森说，"但是我母亲是骄傲的苏格兰人，我也骄傲地继承了蓟与风琴的传统。"

这种说法有点弄虚作假。威尔森的母亲尽管生在苏格兰，但是十六岁就搬到伦敦了，很少说起她的苏格兰血统。她也一直鼓励儿子就把自己当成英国人。家里唯一的血统证明，是一块蓝黑相间的格纹布，孤零零地挂在阁楼的墙上。老妇没有作声，威尔森琢磨着他是否应该继续说起其他苏格兰后裔的杰出人物，最后还是决定使用更直接的方法。

"对于给你们带来的麻烦，我很乐意支付报酬。"威尔森补充说。

"如果祖母乐意教你歌，你不用付钱，"卢瑟说，"但是乐意不乐意，她说了算。"

起初，女主人像是不打算屈尊回答。接着她慢慢张开皱巴巴的嘴，露出一颗牙齿。

"我会唱一首，"老妇说，"但是我要先喝口水。"

威尔森打开旅行袋，拿出一支钢笔和一瓶墨水，一本牛皮封面的本子。他把墨水瓶放在椅子边，打开本子，写下：美国杰克郡，一九二二年十月。

"最好您能先告诉我歌名。"威尔森毕恭毕敬地说。

"歌名叫'未婚夫骑士'。"老妇回答。

她的声音低沉，却惊人的美妙。威尔森飞快地记录，歌里唱的是一位被欺骗的少女。有些用词非常古朴，但正合他意，歌里提到骑士，说明英国正是这首歌的发源地。威尔森在副歌部分把钢笔浸入墨水瓶，只听了一遍就把所有歌词都记了下来。

"真是一个坏男人。"巴瑞夫说。

"是啊，"威尔森附和着，"太精彩了。您还会唱其他的吗，夫人？"

老妇变得不太情愿，于是威尔森又试了试其他办法。

"您的名字会和民谣一起出现在文章里，"他说，"这是一种光荣。"

追求虚荣起了适得其反的作用。老妇问为什么她要沾这种根本不属于自己的光。她用披肩紧紧地裹住脖子和下巴，仿佛不愿再说任何话、唱任何歌。卢瑟走向炉子，捡起拨火棒在火里捣腾了一番，直到休眠的火苗又再次燃烧起来。当主人将拨火棒靠在炉子旁边时，威尔森注意到，不知是出于巧合还是故意而为，拨火棒的尖端是字母 M 的形状。威尔森指指书架和那本厚书。

"分享民谣当然会造福于苏格兰民族，"威尔森说，"您保护着对您的先辈和后裔来说至关重要的那部分历史。"

老妇没有作声，但是眼神专注起来。

"对我来说也是一样。"威尔森提醒她，绞尽脑汁想超脱老英格兰对苏格兰的看法说些什么，他们只把苏格兰当成英帝国的附属品而已。

他首先想到的是麦克白和一个有关风笛和睾丸的笑话，接着又想起威廉姆和布鲁斯以及查理小王子，国恨家仇，纠缠不清，最后想起了苏格兰便帽和格纹布。格纹布。威尔森站起来，走向黑红格纹布，用食指和拇指揉搓。他热情地点点头，试图表达一个苏格兰人对于羊毛织物的熟稔。

"我家墙上也挂着格纹布，蓝黑格子的，是坎贝尔家族自豪的象征，毫无疑问和你们家的一样历史悠久，但是保存得更好，这也理所当然，因为我们没有经历过长距离迁徙。"

"也没有烧焦。"老妇严肃地说。

卢瑟和莫利看着威尔森，尽管烧着火，房间里却仿佛充满了冷空气。

"你们的格纹布，"卢瑟问，"是天蓝色的？"

"是啊，是啊。"威尔森回答。

"阿盖尔。"老妇发出嘘声。

威尔森把食指和拇指从格纹布上挪开。

"不好意思,"他说,"我很肯定这块布也是悉心保养。只不过比起我们家的,它经历了长途旅行,远渡重洋。我碰它没有任何不敬的意思。"

巴瑞夫从盘子里抬起头来,终于意识到他身边有好戏上演。

"你说了什么让麦克唐纳祖母那么生气?"巴瑞夫问。

有那么一会儿,房间里只听得见钟的嘀嗒声。威尔森产生了不安的念头,这和英国国王、阿盖尔·坎贝尔,还有麦克唐纳家族有关,多亏埃古·巴瑞夫突然清晰起来的口音。

"我们或许应该告辞了,"威尔森说着,起身拿他的旅行袋,"我们肯定耽误了你们不少时间。"

"等我再唱一首歌。"麦克唐纳祖母说。

卢瑟带上了前门,然后穿过房间走到火炉旁。他拿起拨火棒,但是没有戳进火里,而是把尖端放在了火焰上。

"你出去,从山泉那儿给你的马弄些水。"卢瑟·麦克唐纳说。

威尔森注视着巴瑞夫,他有些犹豫,接着对他的老东家耸耸肩,站起身来。莫利打开门,等到老人走出去以后又重新锁上。

"这首歌,"老妇说,"叫作《格伦科的雪》,你知道吗?"

"我不知道,夫人。"威尔森结结巴巴地说。

其实威尔森知道有关格伦科大屠杀的事。他的老师在课堂上提到坎贝尔家族牵涉其中时,他留了神。威尔森饶有兴致地问起他母亲这件事情。都是过去的事了,他母亲告诉他,不想再说更多。

"刚刚那首歌已经够了,"威尔森说,"我还有事情,我得走了。"

"坐下来听。"卢瑟·麦克唐纳说。

威尔森照做了,老妇唱起歌来。

他们自暴风雪中来,我们供他们取暖
一片遮蔽头顶的屋檐和干爽的鞋子
我们请他们喝酒吃饭,他们吃了我们的肉
睡在麦克唐纳的屋子里

有人死在床上,死在恶棍的手上
有人逃进黑夜,迷失在大雪里
有人活下来控诉先出手的人
屠杀麦克唐纳家族的凶手

他们怀着杀心从亨利堡来
坎贝尔有威廉姆王子签署的命令

全部杀光,这些句子被划出来
把麦克唐纳赶尽杀绝

老妇的嘴唇紧闭,露出阴郁的微笑。好一会儿,大家一动不动,然后卢瑟把拨火棒从火里取出来,另一只手靠过去感受热度。威尔森从屁股口袋里摸出钱包来。

"我想要感谢这些歌和您的好意。"他迅速地开始往外摸钞票。

"我们不收钱,"主人回答,"没有人,即便是国王也不能收买麦克唐纳家的人。"

六星期以后,当威尔森的船在伦敦港靠岸时,他的舌头还没有完全愈合。几个月以后他才能大声地表达他的想法,这段噤声的时间,他也没有动用笔纸的愿望。然而,威尔森带回的之前不为人知的民谣引起了轰动,某种程度上是因为它将他置于如此危险的境地。一份伦敦报纸把詹姆斯·威尔森的名字和沃尔特·拉雷先生以及约翰·史密斯船长相提并论,这些前辈冒险家离开他们文明世界的小岛,和新世界的卡列班们一起探险。

二十六天

我打扫完前门台阶时,已经快十二点半了,于是我回屋把扫帚和畚箕收了起来,锁上柜子。休息室里放着一张危机热线的传单,底下是一份报名表。沃德洛教授通常星期五晚上来做志愿者。我走出克罗默中心,十一月的天气比平常山里更温暖明媚。钟楼响起钟声。我把脑海中沉重的金属指针往前拨了十个半小时。克莉已经上床了。

学生们在自动取款机前拔出银行卡,仿佛赢了乐透彩票。他们中或许没有人想过,当他们坐在教室或者观看篮球比赛的时候,和他们同龄的孩子却被简易炸弹炸飞。我再次思索着如果还有征兵,我们如何能够不去阿富汗。我敢打赌,如果每个人的孩子都得去那儿,事情一定会有很大的不同。有混蛋在电视上说,只不过是一群愚蠢的乡巴佬在打愚蠢的仗,好像克莉和其他小孩毫不重要似的。有时候我想揪住一个学生的领子,告诉他,你不知道你现在过得有多好,或者告诉我自己,我给我女儿的,要比我父母给我的多得多。这总比想着如果多年前我更有追求就好了要容易得多，在蓝山技术学院搞张焊接证书或者弄个学位，赚更多钱，克莉就不会在那儿了。

我穿过隔开校园和城市的马路，来到克劳福德餐馆。沃德洛教授和马赫教授以及卢卡斯教授一起坐在卡座里，他们的办公室也在克罗默中心。我刚在吧台坐下，艾伦就拿来碟子。她已经准备好了，因为我只有三十分钟的午饭时间。我的午餐是免费的，额外福利，就好像波兰顿教授还让我们用他的电脑。艾伦倒了冰茶，然后递给我刀叉和纸巾。

"早上过得不好？"我问，因为艾伦服务生式的微笑无精打采的。

"还行，"她回答，朝教授们点点头，轻声说，"是那个黑头发的女人说的是吗？"

"是啊，"我说，"但她不是故意的，真的。"

"他们进来的时候，我完全不想招待他们。"艾伦说。

"你知道她也做了不少好事。"我说。

"这还是不能弥补她说了那样的话。"艾伦回答，从柜台上拿了水和茶壶。

我透过镜子看到艾伦给客人们倒水，友好地交谈，但没有去沃德洛教授的卡座。艾伦经过他们身边时抬着眼睛，即便他们真的想要什么，她也看不到。我不应该告诉她沃德洛教授说了什么，更糟的是，我还在停车场把教授指给她看。艾伦是男人梦寐以求的那种妻子，但是她会记仇。

我看了看墙上的钟。十二点五十，于是我吃完午饭，把盘子拿去厨房。艾伦在那儿更换一份点单，我们讨论了一会儿有关克莉申请的事情。等我回到餐厅，教授们背着包，正要离开。桌子上放着一块钱小费。我跟着他们回到克罗默中心。有人在门口打翻了饮料，冰块像骰子一样撒了一地。门边有一块折起来的黄色警示板，于是我把它竖起来。我穿过走廊去拿拖把和水桶的时候，有人叫我。克洛维奇教授正站在办公室门边，手上拿着一叠书。

"这是给克莉的。"她说。

我道了谢，把它们放在储存室的架子上，和厨房纸巾以及消毒剂一起。我提起水桶，放在水斗里装满，倒了点消毒剂，往大厅走去。沃德洛教授办公室的门开着，但就她一个人。我想起上个月，克洛维奇教授送了些书给克莉。当我回到走廊时，沃德洛教授正在办公室里和马赫教授讲话。娜迪亚不知道他转身就会把书都卖了，但是卖到跳蚤市场总也好过被当成厕纸。

我擦拭了休息室，把警示牌收了回去，拿起扫帚和畚箕，清扫了楼梯井，然后清空了厕所的垃圾桶，清理了马桶和水斗。三点半的铃声打响时，最后的教室都空了，于是我继续打扫。明天是假期，大部分教职员工都回家了。我拿出万能钥匙，清空了他们的垃圾桶。当我来到克洛维奇教授的办公室时，她的灯还亮着。她八月才开始在这儿就职，她的家人都在乌克兰。有时候我们会谈论和爱人分离是多么艰难。

我敲了敲门，她让我进去。

"克莉好吗？"她问，

"她很好。"我告诉她。

"只有不到一个月了？"

我点点头，清空了她的垃圾桶。

"没多少时间了。"克洛维奇教授笑着说。

我问了问她家里的情况。她告诉我她母亲已经从医院回家了，我说听到这个消息很高兴。我再次谢谢她的书，关上了门。等我收拾完所有办公室，走廊里的钟显示四点二十分。我最后查看了一下厕所，打了卡。

雨刷下面压着一张纸条，艾伦留言说她要工作到五点。我想去咖啡馆喝一杯咖啡，但还是决定在车里等。有时候我会在垃圾桶里找到一本杂志带回家，但是现在没有，于是我看了看克洛维奇教授给我的书。三本是有关教学的，但是有一本《安东·契诃夫自选集》。我翻开，开始读一个小说，讲的是一个死了孩子的男人。他想要告诉其他人发生的事情，但是没人愿意听，最后他不得不告诉他的马。你可能会觉得这样的故事有点矫揉造作，或者对有些人来说确实如此，但是当艾伦钻进卡车时，她问我怎么了。她说我看起来像是刚刚哭过。

我开口前，艾伦伸手捂住了嘴。

"克莉没事，"我飞快地说，"我可能是得了过敏症吧。"

艾伦把手放回膝盖，双手交叉起来，像是在祷告。或许她真的在祷告。

"克莉没事。"我又说了一遍。

"你或许觉得她已经走到这一步了我们应该感到宽慰，"艾伦说着，我开出了停车场，"但越是接近她回家的日子，我就越是害怕。"

我把手放在她的肩膀上，告诉她一切都会好起来的。我们经过学校方院时，都抬头看了看钟。

"很多人来吃早晚饭，埃里克斯叫我留下来。"艾伦说。

"我们来得及。"我说。

"今天只靠小费就赚了九美元。"

"很好，"我微笑着说，"你肯定待他们不错，不像中午的那些家伙。"

我在十字路口停下来，一群大学生从我们跟前经过。

"埃里克斯跟我谈了谈。"艾伦说。

"他们抱怨了？"

"没有，但是埃里克斯都看在眼里。"

艾伦指指我们中间的书。

"克洛维奇教授又给了我们很多书？"

"是啊，"我说，"记得提醒我告诉克莉。"

我们的运气不错，三个绿灯和一个红灯，但是开过城市限速标志以后，一辆车开得慢悠悠的，我被卡在后面。路是弯的，那个司机在五十五码区只开三十码。两公里以后路才变直，我终于可以超车。等我们开进写着"病人停车区"的停车场时，已经迟到了，但是波兰顿医生的车还在。我们飞快地跑进去，对他说抱歉迟到了。

"不用担心，"他说，"你们没有错过通话就好。"

他指指接待室的地板。地上有一道拖拉机轮胎宽的红色污迹。

"一个伐木工今天早上差点丢了胳膊。托尼亚和我收拾得差不多了，但还需要擦擦地板。"

"好的，先生。"我说着，看了看钟。

"我多留了五美元，算是额外的工钱。"波兰顿说，掏出他的钥匙。"告诉克莉,替她接生的人叫她当心点,医生的嘱咐。"

"我们会告诉她的。"艾伦说。

波兰顿医生离开以后,艾伦先进去确保视频摄像头正常工作,网络对话已经连线。我去储藏室,装满水桶,加了漂白剂,拎到大厅。克莉打电话的时间到了,于是我走进波兰顿医生的办公室。艾伦坐在椅子里,我站在她身后。对话框跳出来的时候,艾伦点击了"应答"。克莉出现在屏幕上,和平常一样,艾伦和我心里纠结了一天的东西,终于可以松开了。

那里已经是复活节了,艾伦问他们午饭有没有吃填馅火鸡,克莉说吃过了,但是完全没有艾伦做得好吃。当我问起近况如何时,克莉说很好,她一直这么说,她告诉我们还有两天她就能出来了。艾伦问起他们小组里被炸弹炸伤的男孩,克莉说他失去了腿,但是医生保住了他一只眼睛的视力。

好一会儿,我们谁都不出声,因为我们都知道,如果早一天,在那辆悍马里的就有可能是克莉。艾伦问了学校的事情。克莉说北加州教育部部长正设法让教育经费和军队的学院基金持衡。她说这真的很有帮助。我跟她说了书的事情,克莉说要谢谢克洛维奇教授。

可能是因为图像有些模糊,但是有那么一瞬间,克莉脸上的一丝神情让我想起她还是个婴儿的时候,接着又有什么让我想起她念一年级时，然后是高中。仿佛是最细微的闪烁和变化让一个瞬间展示得比其他更多。但我又意识到，不是这样的。所有这些不同的面孔都在我的心里，而不是在屏幕上，我不禁想，我是否记得每张面孔，足够多克莉的脸栩栩如生地在我心里，保护着不在身边的她。

我们又聊了一会儿，没有说什么要紧的事情，但是我们说什么不重要，重要的是看到克莉的脸，听到她的声音，知道她又安全地度过了一天一夜。之后，我们打扫了办公室，最后擦拭了接待室的地板。血迹很难弄。我们跪在地上，使劲擦地毯，像是要把地毯也一起擦掉。

我们终于完工，艾伦拿起前台桌子上的两张二十元和一张五元。我们从波兰顿医生那儿赚的钱都装在一个信封里，等克莉回家以后全部给她。总共有将近两千块，足够她在大学里用。回家路上我打开了收音机。我和艾伦很喜欢这个台，因为它放的很多歌都是我们恋爱时听的，那会儿我们还没有克莉大。

我们开车穿过城市时看到不少商店已经挂起圣诞装饰，照亮了街道。等红灯的时候，我想着克莉，越接近她回家的日子，就越害怕。仿佛克莉幸运了那么长时间，而现在运气终于快用光了。我不禁想，我们还是可能会接到电话说克莉受伤了。或者更糟，一个士兵出现在家门口，手里拿着帽子。

绿灯亮了,我开过克罗默中心背后的钟楼。办公室的灯都暗了,但是学生中心还亮着灯。有些学生假期不回家,因此城里有人会守在电话机旁,等着它响。我想象一个伤心的年轻女人,害怕打那通电话,而电话那头的人又是如何倾听。

一种奇迹

巴洛克希望他能和马保罗回到屋里,和姐姐一起看医务剧。但实际上他们却和姐夫丹顿在卡车里。巴洛克还不习惯和丹顿那么亲近。丹顿是个会计师,周一到周五他都整天工作。回家以后,他通常吃过晚饭就消失在卧室里。当然,周六和周日丹顿会出现得多一些,常常待在前屋,巴洛克和马保罗做一点点小事情,像是打开冰箱,姐夫就会给他们脸色看,非常不友好的脸色。一天晚上丹顿叫他和马保罗肥猪,并且说他们毫无抱负,如果他们不做出改变,就不会有任何成就。他只说过这么一次,但是巴洛克知道丹顿有这种想法可不止一回。他和马保罗昨天甚至在门廊里坐了一会儿,只为了待在没有丹顿的地方。

但是他们现在和他在一起,待在卡车里,哪儿也去不了,他们三个人正开在大烟山国家公园崎岖的土路上,尽管丹顿说是公共服务,但巴洛克很肯定他们做的事情不仅仅有一点不合法,像是抽抽大麻,或者闯个红灯,而是非常不合法,足以被送进监狱。巴洛克问为什么非得在这一天去猎熊，丹顿说寒流来了以后，熊很快就要冬眠了。马保罗问冬眠是什么，丹顿说就是愚笨懒惰的动物睡几个月什么事都不干。

土路走到了尽头。煤块围出停车场，另一侧有一条小路。丹顿重申了一遍他们要做的每件事，递给巴洛克一部手机，然后腰里佩着手枪和刀离开了。丹顿一走上几码远的小路，就突然消失，如同被树林吞没。巴洛克感到有点毛骨悚然，但是有关猎熊的每件事都令人毛骨悚然。两星期前，丹顿下班以后抱了一个大盒子回家，从里面拿出来一个捕兽夹、一把手枪、一个装着子弹的黄色盒子和一把刀。一把很大的刀，巴洛克只在电影里见过，是疯子用来砍人的，那些疯子总是戴着面具或者头巾，遮住整张脸，只露出眼睛，这更可怕，因为任何人都可能是疯子，即便是电影里看起来最正常的人。

和马保罗一样，巴洛克也只穿着一件普通衬衫和一件汗衫。丹顿一打开车门，暖气带来的热度就嗖嗖地消失了。丹顿安置捕熊器的那天，巴洛克和马保罗没有和他在一起，但是此刻巴洛克多么希望丹顿那天带他们来，而不是现在，因为那天要暖和得多。巴洛克的呼吸让挡风玻璃起了雾，他感觉自己的身体开始发抖。他看看小路，打开引擎，然后把暖气开到最大。

"丹顿说我们不能开暖气，除非冷得不行。"马保罗说。

"我冷死了，"巴洛克说，"你不冷吗？"

马保罗点点头，两只手放在一起揉搓。

"你觉得现在有多冷？"

"十八度[①]，"巴洛克说，"银行指示牌上写的。"

"我觉得我们从没碰到过这样的鬼天气。"马保罗说。

"没有，"巴洛克表示同意，"佛罗里达从没这么冷过，除非是在冰河世纪。"

"苏茜能来佛罗里达就好了，帮我们找个工作，我们也不至于待在这儿。"

"这样当然更好，"巴洛克说，"但是我们也无能为力。"

"我觉得这大概算是我们的第一份工作，"马保罗说，"我是指待在这儿。"

"是啊，我觉得也是。"

"你觉得我们会失去鼻子或者手指吗，就像那个医务剧里的家伙？"

"不会，"巴洛克说，"那个家伙被困在山顶三天。我们不会耗那么长时间。"

"我当然也希望不会，"马保罗说，"如果我没法用鼻子呼吸

---

① 此处为华氏温度，约合零下八摄氏度。

了，那我肯定也吃不了东西。"

"你会适应的。"巴洛克说。

他们聆听着暖气发出嘶嘶的声音对抗着寒冷。

"你觉得他真的要去杀一头熊吗？"

"他是这么说的。"巴洛克回答。

车厢里暖和起来以后，呼吸凝结在挡风玻璃上的雾气也蒸发了，但是巴洛克目光所及只有树林，或许树林里有什么人或者什么东西此刻正盯着他和马保罗看呢。

"周围没有马路或者房子还真是有点吓人。"马保罗说，显然也这么觉得。

"我们把门锁上就没事了，"巴洛克说，"安全起见。"

他们按下锁车键，沉默了一会儿。然后马保罗打破了沉默。

"他不会就这么把我们留在这儿了吧，他会吗？我的意思是说，他最近对我们都不太友好。"

"不会的，"巴洛克说，"如果他真要这么做，他会让我们下车，然后把车开走。"

丹顿一下车就感觉好多了。和自己妻弟们挤在一起，让他觉得自己身上开始长出霉菌来。他俩都有股霉味，像蘑菇似的。这也不足为奇，因为巴洛克和马保罗就和蘑菇一样，很少挪动。他们从不离开屋子，从沙发上起身也只是为了去吃饭，或者上厕所。该死的，就连蘑菇都动得比他们多。他们还真的在生长。他们在寻找养料，有什么工作正在底下的泥土里等他们。

巴洛克和马保罗已经和他还有苏茜一起住了两个星期，他们声称自己是从佛罗里达过来找工作的。他们显然期待着工作会自己出现在丹顿家的门廊上，等待着巴洛克和马保罗走出门，并且将他们带走。丹顿把这些归咎于他们来自佛罗里达。那儿来的每个人都会惹毛他，所有佛罗里达的退休老人只要把车开在不是笔直的道路上，哪怕像飞机跑道那么宽，一小时也只能开十公里。丹顿确实不太认识佛罗里达年轻人，但他妻弟们已经够糟了。巴洛克的名字在丹顿听起来就像是蟑螂，他比弟弟大十二个月。他们的父亲自称"灵魂自由"，像颗孢子一样四处游荡——反正丹顿一直是这么想象的，不管怎么说——他来到科罗拉多，定居了足够长时间，找到苏茜的母亲，和她生了孩子。然后他们三个人游荡到了佛罗里达，巴洛克和马保罗在那儿出生。两个男孩的名字是父亲取的。苏茜不知道巴洛克的名字是怎么来的，但是马保罗的名字取自万宝路，那个抽烟的牛仔。苏茜说他是意图批评社会。谢天谢地，苏茜的名字是母亲取的，她三十岁，比最大的弟弟年长六岁。在丹顿看来，苏茜不是佛罗里达人。她在科罗拉多出生，尽快地离开佛罗里达，在阿拉巴马墨西哥湾大学获得了学位。她在那儿遇见第一任丈夫,一位五十五岁的招生顾问。苏茜一毕业他们就结婚了,搬去了北卡罗来纳,山脉能遮蔽阳光。第一任丈夫有皮肤病。但是他至少把她带去了北卡罗来纳,她和丹顿就是在那儿遇见的。

苏茜的第一次婚姻并没有比丹顿的好到哪里去。她的第一任丈夫每次做爱时都要苏茜戴着他已故阿姨的礼拜帽。很可怕,但是丹顿的第一任妻子更糟。招生顾问的阿姨或许是死了,但是至少那个男人没有像死了一样地躺在那儿。丹顿的第一任妻子性冷淡,他们每次做爱,她都像尸体似的。最后,每次他们做爱,他都能听到脑袋里奏响的风琴音乐,正是葬礼上放的那种。他和苏茜在和这样两位伴侣相处过之后,还能拥抱另一个赤裸的人,真是奇迹。

他俩无疑克服了很多困难,但现在他们婚姻幸福,住在舒适的房子里,丹顿是个不错的会计师,苏茜是郡诊所的领班护士。这就是起初她为什么要让巴洛克和马保罗从佛罗里达过来。她想要帮助她的弟弟们进步,而丹顿没法因此指责她。尽管很难相信,但毕竟他们是她的弟弟。她甚至想要让他们对医学感兴趣,尤其是巴洛克。苏茜声称巴洛克还有点聪明,如果巴洛克成了医护人员,或许马保罗还能打打下手什么的。她带着他们去了一天诊所,现在她又和他们一起看医务剧。她号称这样可以激励他们，但是丹顿觉得在他们的肥猪屁股上踢一脚更管用。

苏茜一直在看医务剧。丹顿抱怨时，她就说她看了有用。他理解确实对医药行业从业人员有帮助，但是苏茜不看心脏移植或者膝盖手术或者怀孕的片子。她看的片子都是诸如《医学奇迹》或者《我活下来了》，片子里净是些一百磅重的肿瘤、冻掉了所有脚趾的人、自燃的人，这些都让丹顿看着不舒服。他便回到后屋，对着书桌上的十四寸电视机，看CNN新闻，或者再看看商业剧、上上网，他一直在查询熊的资料。一切都好过医务剧。对丹顿来说最糟糕的事情是它们总会结束。剧里放起愉悦的音乐，主持人谈论着奇迹，而那些生了百磅肿瘤或者被鲨鱼咬掉一条腿的人，表现得像是发生了什么好事。现在苏茜让巴洛克和马保罗每晚都看，甚至还有几集是讲熊伤人的。

他们至少真的在看。丹顿每每闯进前屋，他们的眼睛都盯着屏幕。他们不交谈，看得全神贯注。当然巴洛克和马保罗本来就不太说话，不太对丹顿说话，甚至不太对苏茜说话。他们只是并排坐着，保持着相同的姿势，像双胞胎一样。一部分的原因是他们相差不到一岁，也因为巴洛克和马保罗看起来确实像双胞胎，至少脸很像，尤其是他们的眼睛，颜色会随着不同的角度而变化——从浅绿到深棕，或者反过来。这让丹顿想起他十二年级时的生物课项目。老师给了班上每个同学一罐果蝇，过了一会儿，果蝇的眼睛颜色应该会变化，结果其他人的果蝇都变了，只有丹顿的没有。他的果蝇在玻璃上爬了一个小时，然后死了。他在这门九星期的主修项目中得了个D减，完全不公平。丹顿没有挑选果蝇，或者把它们放在罐子里。他没有要求这样。有一天早晨它们就被放在他的桌上了。他没有像苏茜一样拿到大学学位，相反，他必须出去工作。都怪该死的果蝇。

苏茜把巴洛克和马保罗对医务剧的兴趣看成是一种进步。但是他们并没有离开家去申请医学课程或者打杂的工作，尽管苏茜没有明说，丹顿还是怀疑就连她都已经厌倦了弟弟们总是在身边。这大大削减了他们的性生活，因为他们的房子虽然不错，但是很小。巴洛克睡的客房和他们的卧室之间只隔了三英寸厚的干板墙。马保罗睡在沙发上，既然巴洛克或者马保罗每次翻身时弹簧的嘎吱声丹顿和苏茜都能够听到，那么他们也他妈的肯定能听到他和苏茜在干吗。在他们初次婚姻噩梦般的性生活之后，他们还有一些问题需要解决。弟弟们出现之前，苏茜喜欢呻吟，还喜欢摇床，但是现在不能这样了，于是丹顿出现了问题，丹顿从来没出现过问题，至少和苏茜在一起没有过。

他停下来歇了歇，检查确保双层塑料包在他的大衣口袋里。熊爪和熊胆——他就要这两样。丹顿要和中国人做交易。他们很聪明，而且一直以来都很聪明。他们发明了火药和其他很多东西，甚至绝缘套管。中国人还知道如何治愈男性问题，都不需要开口向医生说明情况，不像美国人，得拿着处方去药房，十八岁的收银员停下嘴里的口香糖，就那么一会儿也足够他做出蠢事，比如大声报出你的名字以及你取的药，甚至还对着喇叭说，像是什么该死的动员大会。不会的，中国人比美国人更会做事。他们解释如何治疗，告诉他去哪里治，甚至如何准备。这才是做事的正确方法，也正是因此美国欠了他们很多钱。过去的几个月他都是这样想的，丹顿不确定他是否希望中国彻底接管美国，因为那儿每个人都辛苦工作。如果他们不工作就会饿死。当然，这里的日子也不好过。丹顿和其他人一样明白。他自己勉强才从裁员中存活下来，但是和妻弟们不同，如果他被裁员，他会找些事情做，哪怕是从沟渠里捡瓶瓶罐罐。

丹顿沿着小路往上爬，思索着一只被抓住的熊是会安静地待着，还是大吵大闹。他只听得见水声，但只有瀑布和急流才发出些声响，所有缓缓的溪流上都覆盖着冰。没有其他声音，比如链锯声，或者猫和狗的叫声，因为他现在身处真正的丛林，而且天太冷，鸟和松鼠都保存体力歇息着活下去。丹顿穿着保暖内衣、羊毛外套、戴着手套，还是觉得冷，而且还会更冷，因为尽管现在是下午，太阳很快就会消失在山里。至少寒冷有助于保存熊掌和熊胆。丹顿甚至不用停下来，搞些冰块来冷冻，这意味着他能提早五分钟摆脱妻弟们。

丹顿透过树木往下望,想看看是否能看到卡车,但是没看到。巴洛克和马保罗只需要坐在车里等,看到护林队就按喇叭。即便这样,他们还是可能搞砸。丹顿担心他们会开车去布赖森,买些吃的或者半打啤酒,然后忘记他们停车的地方。这就太糟了。大部分人至少在某些方面有点聪明。丹顿在高中里认识一些家伙,他们不会拼写猫,但是至少他们能更换火花塞,或者保险丝。巴洛克和马保罗甚至都没有那么点聪明。马桶堵住了三次,很显然,马保罗还不知道怎么擦屁股。有一次丹顿让马保罗开车去城里,他开车像个喝醉了的十岁小孩。丹顿想过要打电话给他们,只是为了确保他们没有离开,接着他想起来他们需要钱才能买热狗或者啤酒。但是丹顿还是因为带他们来而开始感觉不安。

他继续走,爬上陡峭的斜坡,艰难地呼吸,这么高的路面结了冰,不得不更加小心。还有其他事情让他心烦。他错误地以为寒冷会把巴洛克和马保罗逼回佛罗里达。佛罗里达。丹顿大声说出这个词。一个州怎么会叫这样的名字啊?这个词语念起来毫无骨气,不像卡罗来纳的第一个音节里就有一个大气的C。在地图上看,佛罗里达从美国大陆上垂落下来,像个无力的老二。造物主没有把这片该死的陆地锯下来让它随波逐流真是奇迹。这个州最出名的人到处假装一只八尺高的老鼠。每个孩子大概都见过那玩意儿，走上前去，和它握手或者握爪或者其他随便什么东西，相信它真是一只老鼠。长大以后以为那么大的动物不会伤人。也难怪这些孩子长大以后觉得食人鱼、巨蟒和胡鲶都能用来当宠物，然后把它们抛弃在附近的沼泽或者河里，觉得这样也不错。

现在整个州就像是鲶鱼，从东海岸钻到北卡罗来纳，取而代之，这个公园里就有这样的人——那些负责人——把熊当成宠物。任由它们在路边溜达，这样蠢蛋们就可以朝它们扔棉花糖和薯条，像什么万圣节讨糖把戏，不把熊当成熊，以为它们是穿着戏服的白痴。即便有些笨蛋从车窗喂食差点被熊扯掉一条胳膊，还是有人这么做，要不是车里有人又扔出一包奇多，那家伙的胳膊可能就真的保不住了。丹顿一个月前开车去切洛基见客户时亲眼见到熊的奇观。熊并肩排成一排，等着伸出来的手。有一只跑到路中间挡在丹顿的卡车前，又大又红的舌头口水嘀嗒，像是别人欠它一顿午饭。中国人也要熊舌。它们不是大宠物。天哪，它们吃别人的宠物，或者任何被错当成是宠物的东西。

丹顿终于看到了他做的记号，离开了小路。他停下来，但是没有听到任何动静，如果捕兽夹管用，那家伙大概已经死了。丹顿不得不承认他松了口气。如果他抓到一只熊，并且它已经死了，那么他只要割下它的爪子，再做个小小的手术取出它的胆囊，这应该不难，因为他见过照片——绿色的，无花果形状。如果熊没有死，他就要开枪打死它。他在一个人人都喜欢在树林里射杀动物的地方长大，但他从不喜欢户外。丹顿喜欢能够自己控制温度冷暖，有马桶，知道所有东西所在的位置，并且它们都触手可及。但是他如今远在树林里，像该死的丹尼尔·布恩一样带着枪和刀以及捕兽夹。如果他被逮住了怎么办。让巴洛克和马保罗把风可能只会把几率上升到百分之千。至少他的工作是保不住了，或许还会坐牢，因为带枪意味着两项联邦罪名。

但是没有熊。捕兽夹开着，丹顿挂在树枝上从商店买来的火腿不见了。他凑近看，看到两片闪亮的棕色指甲和一些毛发。熊越过捕兽夹，如同把手伸过柜台。那只熊真是走了狗屎运，但是至少这蠢东西下回再吃人类的食物时会害怕地仔细想想。

去他妈的，丹顿想，熊，医学，还有最糟的，妻弟们。丹顿的皮夹里有八美元和一张信用卡。他要把巴洛克和马保罗带到阿什维尔车站。买两张去佛罗里达的单程票。他们最终或许还是会回来，但是这两个蠢蛋得花上几个月，甚至几年才能攒足钱。头一次苏茜还给他们寄钱，让他们过来，但是丹顿绝不会让这样的事情再次发生。

丹顿开始往回走时，突然比刚刚感觉好些。一切都会好起来的，即便在这座山上被冻个半死也是有意义的。中国人还相信一件事情，至少佛教徒相信，爬山是为了获得智慧。他非常确定自己终于知道该怎么对付妻弟们了。丹顿回到小路上，走得很慢，因为下午的光线变得黯淡。他开始思索如果巴洛克和马保罗不想走的话，他应该怎么办。就在丹顿决心就算要用手枪威胁也在所不惜时，他被树根绊倒了，脚踝扭向一个方向，身体则倒向另一头。他不停跌滚，直到摔出小路，掉进河里，一头栽进又宽又长的水塘下游，把周围的冰敲得粉碎。丹顿爬上岸，从头到腰全部都湿透了。他的牙齿打颤，头发已经冻成冰柱。他知道不管他的生命中曾经发生过多么糟糕的事情——死人一样的妻子，白吃白拿的熊，妻弟——现在都要更糟。糟透了。

他脱掉手套，拿出手机，祈祷它还管用。手机不像他，完全泡在了水里，可是出于奇迹，它还没死透。丹顿的手指冻僵了，但他最后拨对了数字，打通电话。直到铃响了第八声，巴洛克才接起来，丹顿向他解释了事情的原委，至少是尽力解释，因为他的大脑对于过去的每一秒钟都感觉云里雾里，而他的语言又跟不上思维。大概巴洛克得花上几年才能弄明白。

"我们过来，"巴洛克说，"从卡车到你那儿有多远，大概要走多久？"

丹顿沉默了大概一分钟。时间和空间的连接不再那么清晰。

"可能要三十分钟。"他终于回答。

丹顿听到巴洛克对马保罗说话，然后是卡车门关上的声音。

"我们现在过来了,"巴洛克说,"但是我们需要知道你现在感觉是冷是热。"

丹顿虽然意识到他的牙齿打颤,头发上结了冰柱,但是他的感受即便说不上热,至少也暖和。

"热。"他说。

"那你得回到水里,"巴洛克说,"你现在体温过低。有一集医务剧里面有个男孩掉进了水塘,就是因为他待在冷水里,才没有被冻死。"

丹顿拼命想弄明白巴洛克是否知道他自己在说什么。丹顿好像确实听说过这样的事情,大概是从新闻里,而巴洛克竟然学会了体温过低这样长的词语,甚至能正确地念出来,这种进步隐隐影响了丹顿。另外,水能让他冷静。

"你不能再等了,"巴洛克说,"再过一会儿你就不能动了。我们现在过来。"

丹顿看了看水塘,除却瀑布周围,到处都结着冰。他内心深处响起警钟,但是声音过分轻柔,他完全不知道是在警告他什么。巴洛克还在说话,告诉丹顿他必须现在就行动。丹顿把手机放在岸边,巴洛克的声音变轻了。他的语速好像很快,但也有可能是因为丹顿现在思维开始变得非常迟缓。砸破冰跳进水塘太麻烦,所以丹顿爬到瀑布边的石头上,先把脚伸进水里,然后像水獭一样滑了进去。

起初他们没有看到他,只看到蓝屏的手机。

"如果他钻进树林,就必死无疑了。"巴洛克说。

接着他们看见丹顿悬浮在池塘中间。冰面清澈,丹顿仿佛是魔术的一部分。

"他的眼睛睁着。"马保罗说。

"当然睁着,"巴洛克说,"他大概可以看见我们,听见我们说话。"

"他没有眨眼。"

"因为他昏迷了,除了他的大脑,其余部分都关闭了。我敢打赌,他的心脏现在每分钟才跳一下。"

"我没想到他会发青。"马保罗说。

巴洛克举起一块足球大小的石头,朝丹顿头顶的水塘扔过去。冰破了,但是丹顿的身体只漂移了几英尺,就被更多的冰挡住。

"我们得下水才能把他捞上来。"巴洛克说。

马保罗不情愿地看着水。

"没错。"

"我们先把他的手机放好,"巴洛克说,"如果弄丢了他一定会生气。不管怎么说,我们最好把他送进医院。我在想那部剧。主持人好像说十五分钟,还是五十分钟。我估计你也不记得了吧?"

马保罗摇摇头。

巴洛克拿起手机,放在口袋,然后他们蹚进水里,巴洛克够到丹顿的肩膀,马保罗抬起他的脚,水漫过他们的脚踝。一回到岸边,他们就把丹顿放下。马保罗把他的腿分开,自己站在双腿中间,像是在抬担架。

"他冻僵了反而好弄一些。"马保罗说。

他们沿着小路走下来,回到停车场。当最后一抹日光消失在山背后时,他们把丹顿靠在卡车上。

"我们要不要把他放在中间?"马保罗问。

"不行,"巴洛克说,"除非你想不开暖气一路开回城里。人只能化冻一次。"

巴洛克打开卡车闸门,把丹顿脚朝里放了进去,在他身体两侧各放了一块砖,不让他挪位。马保罗取下泡沫冷藏箱的盖子,小心地,近乎温柔地放在丹顿的脑袋下面。

"他还能看见和听见我们吗?"他们做完以后马保罗问。

"当然。"

马保罗看着丹顿。

"我想不出要对他说什么。"

他们回到驾驶室，巴洛克试了好几次才挂上一挡，开上了土路。

"他对我们很好，"马保罗说，"虽然有时候骂骂咧咧的，但是他让我们和他住在一起。"

"我在想我们或许还没有尽力，"巴洛克说，"下个星期我要去社区大学看看救护人员课程。我们帮了丹顿让我感觉自己还挺有用。"

马保罗点点头。

"这样的话，我也去找找打杂的活。"

一路下坡，树林变得更密了。一切都浸在阴影里，山脚下有一座桥。巴洛克从电影里知道，这种地方不会有好事发生。疯子、铁钩手，或者变异人都有可能躲在桥底下。他冒险换到二挡，挂到挡上，卡车加速，嘎嘎响着往前冲。再次回到上坡路，树林也开阔了，巴洛克感激地松了口气。

"如果丹顿没事，你觉得他们会让我们上医务剧吗？"马保罗问。

"有可能。"巴洛克回答。

"他们会给我们奖章吗？"

"我不知道，"巴洛克说，"但如果他们给我们，他们也应该给丹顿一个。他把自己藏在冰底下——实在是明智之举。"

"他们会怎么治疗他?"马保罗问,"是不是要去什么特殊的医院?"

"不需要,他们都受过训练。"

"那太好了。"马保罗说。

土路结束在一段与沥青路的交岔路口。巴洛克没有挂上空挡,却挂在倒挡上,卡车熄火了。他没有再重启引擎,只是望着窗外,不知道该往哪边走。巴洛克看看这边,又看看那边,但是他看不清楚,因为天真的黑了。大灯有用,他却不知道怎么打开。

死者直到现在才被宽恕

沙克尔福德屋闹鬼。落叶在腐烂的门廊上飞舞,当地人听见鬼魂的低语。楼梯被踩得嘎吱响,哭泣声穿墙而过。一位亚特兰大的开发商计划把房子夷为平地,将三十英亩地变成养老院。接着经济崩盘。房子依然独自伫立,蜿蜒的泥车道变得和伐木道一样崎岖。所以只有我们,劳伦对朱迪说。当朱迪提到鬼故事的时候,劳伦告诉他,她有办法。每次他们进屋时,她都大声说,走开。他们让眼睛适应房子的昏暗,聆听除了呼吸声之外的声响,然后把睡袋放在地板上,有时候放在卧室里,但更多时候放在前屋。他和劳伦脱光了钻进睡袋,任何让房子阴冷的玩意儿都无法战胜他们身体的热度。

劳伦总是直言不讳。第一堂课时,劳伦就告诉他,你和郡里的其他男孩不一样,你从不掩饰自己的聪明。她问朱迪大学里想主修什么,朱迪说工程。他问她同样的问题时,她回答,教育。九年级的时候,海伍德上区的学生都坐巴士去郡高中上学。和其他一块儿长大的男孩不同,朱迪没有参加学校的职业培训。相反,他加入的班级里,大部分的学生都从城里来。他们的父母未必富有,但是家里人都期望他们能念大学。正如劳伦所说,朱迪毫不掩饰自己的聪明,起初只有在被要求时才如此。接着他开始举手回答问题,有时候那些问题甚至连劳伦都回答不了。老师们鼓励他,到了春天,他和劳伦双双被推荐去了教堂山大学和杜克大学为贫困学生准备的夏季项目。

和他一起坐巴士的男孩不再邀请他打猎或者钓鱼。很快他们甚至都不搭话了。在往返学校漫长的巴士途中,朱迪看到他们盯着他从书包里拿出来的书,不止是上课用的书,还有劳伦给他的,封面破损的《麦田里的守望者》和《银河系搭车指南》,以及图书馆里借来的天文和宗教方面的书。对有些人来说,这是一种背叛。临近学期结束的一天早晨,比利·兰金在食堂里绊了朱迪,他连带托盘都摔在地板上。比利比他重五十磅,要不是因为劳伦在场,朱迪可能就作罢了。他追上比利,把他掀翻在地毯上,祈祷老师赶紧过来劝架。但是先赶过来的是劳伦。等到老师出现时,劳伦抓伤了比利的左侧脸颊,自己断了两片指甲。

朱迪驶出沥青路,发现泥车道和一年前相比,被使用得更多。结块的泥土间少了些莎草,路上有新鲜的轮胎印。劳伦的兄弟特雷最后告诉朱迪说,她所剩的部分都在沙克尔福德屋里。土路变直了,向上延伸。橡树两旁点缀着紫藤花。山茱萸簇拥在底下,枝桠上还有最后的几朵小花。车道转了个弯,树木不见了。沟渠里出现了几张弹簧床垫,旁边还有碎了的瓷马桶和一台洗衣机。像是龙卷风过境后的残骸。

他们四年级时每次开车到这儿来,劳伦靠着朱迪的肩膀,手放在他的大腿上。这样的时刻和做爱一样美好——独处的时光在等待着他们。之后,他们待在睡袋里,计划着朱迪大学毕业以后做些什么。劳伦会说,我们住到像哥斯达黎加那样既暖和又遥远的地方去。他说那他们选修的是法语真是太糟了,劳伦回答没关系,再学一门新语言不是更好吗。

更多垃圾散落在车道和沟渠里——啤酒罐,软饮料盒,破了的塑料垃圾袋,如同被砸得稀巴烂的陶罐。转了最后一个弯,沙克尔福德屋出现在他跟前。门廊旁边齐轮胎高的杂草中有一辆破旧的福特金牛座,与其是说停在那儿,不如说是报废了。屋子的前门开着,像是在迎接他。

朱迪走上门廊,在门口徘徊。他一眼就看见放在壁炉里的电视机。屏幕上有一支摇滚乐队在演奏,但是没有声音。一张亮红色的沙发胡乱挨着壁炉,上面坐着人,三张脸出现在浑浊的光线里。朱迪走进去的时候,空气里有一股安非他命的焦糊味儿。他知道是劳伦烧制的。比利和凯蒂·林恩高中里没能通过化学一级，更不用说他和劳伦都得了 A 的高级课程。

"过来和我们一起乐一乐吗，大学生先生？"比利问。

"不了。"朱迪说，站在劳伦身边。

比利指着地板上一只毛毡教堂募捐盘，稀稀拉拉的硬币和钞票中间有一只玻璃烟斗和一个小塑料袋。

"来嘛，做做样子也好。"

凯蒂·林恩大笑起来，她的声音又干又尖。

"来吧，伙计，坐过来，"比利腾出位置，"就当是高中同学聚会。"

朱迪看着劳伦。自从上次见她已经过去五个月了。他不确定是什么让他更加不安，是她失去的，还是她残存的美貌。

"我觉得他对你还有意思，小妞。"凯蒂·林恩说。

劳伦抬起头来，她的眼睛是透明的。

"你对我还有意思吗，朱迪？"

他打量着房间里乱七八糟的家具。一张沙发，一台电视机，但是没有桌椅，地上都是东西，从糖纸到一团五颜六色的圣诞灯。角落里放着劳伦的书，《人的宗教》《押沙龙，押沙龙》和一本诗集。还有她的电脑，屏幕碎了。一根橘红色的延长线绕过沙发拖进厨房。朱迪意识到这是一台发电机，现在他听见了机器的嗡嗡声。

"生点火吧，比利，"劳伦说，"更舒服些。"

他换了DVD播放机里的碟片，橘红色的火苗映在屏幕上。比利足球后卫的肩膀变得瘦削，他的胸口也塌陷了。

"要不要把声音开开响。"比利问。

劳伦点点头，壁炉噼啪直响。

"我们给你留了位置。"凯蒂·林恩说，拍拍她和劳伦中间的空隙，但朱迪还是站着。

"我希望你和我一起走。"朱迪说。

"去哪里，宝贝？"劳伦问。

"回家。"

"你没听说吗，"劳伦说，"坏女孩不回家。甚至没人为她们祈祷，至少特雷是这么说的。"

"那和我一起去罗利。我们在那儿找间公寓。"

"他想要把你从我们这些人渣这儿救走，"凯蒂·林恩说，"但是我们没有那么坏。这个募捐盘不是我们闯进教堂偷来的。比利从跳蚤市场买的。"

"你得把我们从劳伦这儿救出去，"比利说，"都是她烧制的，看看我们吧。我们像圣诞雪人似的，体重不断下跌。"

"救救我们，朱迪，"凯蒂·林恩说，"我们在融化。我们在融化。"

"跟我出来。"朱迪说。

劳伦跟他来到门廊。她的肤色在下午的光线中一片蜡黄,他心想他们是不是也用针管注射。网上说肝炎在吸毒者中很常见。劳伦的牛仔裤松松地搭在她的屁股上,她的牙齿像印第安玉米一样又小又黄。朱迪想象着安非他命注入静脉,鼻子、嘴、骨头上的肌肉刚刚够打开身体的通路。

"没人告诉我你在哪里,"朱迪说,"至少你应该跟我说一声。"

"这儿没有手机和网络,"劳伦说,"还确确实实存在几个像这样的地方难道不是件好事吗?"

"你应该从城里给我打个电话,"朱迪说,"你有没有想过我的感受,不知道你在哪里,不知道你好不好。"

"我或许一直在想你,"劳伦移开眼睛,"但是你找到我了。任务完成,你可以走了。"

"你为什么这么做?"朱迪问。

这个问题听起来很无力,像是从被劳伦嘲弄的书里或者电影里学来的。

"你知道我,"劳伦说,"我对自己想要的东西向来等不及。我找到喜欢的东西,就一头扎进去了。"

"你喜欢这样,"朱迪说,"和这两个家伙住在一起?"

"这样的生活给了我想要的东西。"

"等你得不到想要的东西的时候怎么办?"朱迪问,"会发生什么?"

"上帝会保佑我们,"劳伦柔声说,"这不是我们从教堂里学来的吗?你成天和那些无神论的教授在一起,都快失去信仰了,朱迪,还记得威尔金森牧师的妻子在主日学校里告诫我们的话吗?"

劳伦走近一些,尽管她的胳膊还是放在自己身侧,但是她把脑袋轻轻地靠在他胸口。他闻见衣服浸透安非他命的气味,还有没洗过的皮肤和头发的味道。

"这儿让你回想起美好的时光吗?"劳伦问。

见朱迪没有回答,她抬起头,微笑着举起手来抚摸他的面颊。手很温暖,血液还在流动。

"我想起来很多,"劳伦说着收回手去,"你知道我本该打电话或者发邮件的,亲爱的,但是这儿没有信号。"

"现在就跟我走,别再进去了,"朱迪说,"你什么都不用收拾。我有钱给你买衣服,还有其他任何东西。我们现在就去罗利。"

"我不能走,亲爱的。"劳伦说。

"你可以的,"朱迪说,"一直都是你教我应该怎么做。"

凯蒂·林恩来到门口。

"我们需要你来烧制，亲爱的。"

"好的，"劳伦说，又转身对朱迪说，"我得走了。"

"我会回来的。"他说。

劳伦在门口停下。

"或许还是不要了。"她说着就走了进去。

朱迪回到车里，朝城里开去。劳伦曾经跟他说，如果我们的成绩足够好，我们就能离开这儿。高中的前三年，他和劳伦的大学预科课程都是A。他们一起获得各种学科奖励，不过如果劳伦愿意的话，她可以获得全部。他们四年级时，劳伦获得全校SAT考试的最高分。那年夏天，劳伦在沃尔玛做收银员，而朱迪则和姐姐以及母亲一起，在家禽养殖场干活。他把这笔钱用作小货车的订金。他和劳伦离开坎顿去念大学时，可以用小货车来装行李。

四年级的秋天，劳伦填写了辅导员特蕾克斯勒小姐发给他们的经济补助申请表格。她和朱迪继续在下午和星期六打工，为奖学金无法保障的那部分生活赚钱。然后到了十一月，有一天劳伦告诉他说她改变主意了。他和特蕾克斯勒小姐都无法动摇她，朱迪告诉她，没关系，成为工程师以后可以赚很多钱，足够他俩用了。劳伦只需要等四年，然后他们就能够永远离开坎顿，离开这种生活：支票本永远入不敷出，讨债人和当铺老板带来的厄运也只有一步之遥。朱迪观察了其他同学，包括那些上了大学预科的，他们怀有急不可待的宿命感过起这样的生活，有的怀孕了，有的被捕了或者干脆退学了。有些更莽撞的男孩，用撞扁的车填塞垃圾场。路边带着花冠的曲棍球杆和纪念品标记着他们死去的地点。从他们留在毕业手册里傻笑的照片上，便能够预见这一切的发生。

不久他就去上大学了，劳伦因为咒骂顾客被开除，开始在家禽养殖场工作。朱迪每个月都开车回坎顿。尽管他们常常打电话和通邮件，但是圣诞节假期好像永远都不会到来似的。他回家的第一天晚上，就去劳伦的母亲家接她，然后他们去了克里克湾的一个派对。朱迪知道会有酒、大麻和一些药片。但是他吃惊地看到安非他命，而且劳伦随手接过递来的烟斗。比利问朱迪想不想试试，他摇了摇头。回到学校以后，他们的邮件和电话联络变得更少，也更短。他只见了劳伦一次，一月下旬。她体重减轻，还失去了工作。春假的时候，特雷告诉他，劳伦在夏洛特戒毒所，不许探望。自此以后朱迪就再没收到她的音讯。

朱迪走进温迪克斯超市的时候，特雷正在帮助一位客人。他完事以后过来找朱迪。特雷伸手之前先在脏兮兮的绿色围裙上擦了擦。

"这个学期结束了？"

"是啊。"朱迪回答。

"你肯定成绩不错，是吧。"

朱迪点点头。

"或许你能鼓励这儿的孩子有点志气，"特雷说，"今年夏天打算怎么过？"

"学校让我在图书馆工作，但我还是想和妈妈住在一起，处理鸡肉。"

"干吗要做这些啊？"特雷问。

"学费又涨了。就算有奖学金，我还是得弄一笔贷款。这儿不用付房租，而且工资也更高。"

"他们不为山区里的孩子减免吗？"

"不。"朱迪说。

"你姐姐怎么样？"特雷问。

"还行吧。"

"我听说杰夫不肯承担抚养义务，"特雷说，"那个没用的混蛋，一直都这样。凯伦和他在一起的时候，我就告诉过她，她的眼界太低了。你和她都是这样。"

特雷转身看看他负责的区域里有没有客人逗留。

"我去了沙克尔福德屋。"朱迪说。

特雷露出痛苦的表情。

"我就知道不应该告诉你。我以为你足够理智不会去。"

"我有超过两个月没有她的音讯了。"朱迪说。

"那你现在看到她了,明白不要再去了吧。"特雷说。

"你就不能做些什么吗?"

"比如?"特雷说,"和她谈谈?为她祷告?我做过了。是我二月份的时候把她带去夏洛特戒毒所的。三个星期,五千美元。我付了一半,妈妈付了一半。"

"他们知道他们是在犯法吧,"朱迪说,"我宁可看到她待在监狱里。"

"六个月,因为他们没有贩毒,哈尼卡特警长说的,这还是所谓严酷的判决。她很快就会出来,然后又回到那里。"

"你可说不准。"

"我可以。二月份的时候她或许还有机会,但是她已经在这个烂摊子里搞了太久,现在没门了。你的脑子要重新理理。另外,哈尼卡特警长整天和人渣打交道,他们让自己的小孩吸毒,卖毒品给高中生。"

"所以你们已经放弃她了吗,你和你们的妈妈都已经放弃她了吗?"朱迪问。

"哈尼卡特警长告诉我,他曾经奇怪,为什么从来没有在有安他非命的房子里见过老鼠。我是说,那么脏的地方总会有老鼠。接着他意识到就连老鼠都聪明得知道要远离是非。想想吧。"

"你们父亲在发电厂出了什么事,怎么发生的……"

特雷涨红了脸。

"如果她用这个做借口,那她真是比我想的更糟。爸爸死的时候,妈妈和我过得很艰难。我们循规蹈矩,保住了饭碗。"

"劳伦没这么说,"朱迪回答,"是我在说。"

"她有爸爸在身边的日子比你长得多,但是你和其他人一样,都过得很好,"特雷说,"那个叫特蕾克斯勒的女人一直说劳伦有多聪明,智商多么高,SAT 成绩多么好。但是我从没见她做出过什么聪明的决定。我本以为她会在高中毕业前怀孕。听着,要不是因为你,她早就已经堕落到现在的地步了。你和我,我们为她做的事情已经远远超过她配得上的。"

一位客人叫特雷称一点东西。

"待在罗利,"特雷说,"这个地方像是蛛网。你在这儿时间一久,就会永远被困住。最后变成她,或者我。"

朱迪驶出停车场时,想起他去上大学前的下午,他和劳伦最后一次去沙克尔福德屋。他们做完爱,劳伦拉着他的手,领他上楼,他们从没去过那儿。在一间后卧室里,有一张书桌和一面镜子,一个硬纸板做的殡仪馆风扇,一匹儿童木马。劳伦问朱迪,他知不知道为什么这幢房子闹鬼。他不知道,只知道这里发生过可怕的事情。他们走下楼梯时,朱迪转过身。她告诉他,我谅他们也不敢现身,我一直希望他们能出现。

朱迪回到母亲家时,晚饭已经准备好了。凯伦带着朱迪的侄女克里斯朵。他姐姐的手因为给鸡肉去骨而变得又红又粗,和孩子说话时,即便没有在责备她,声音也很刺耳。

"吃点玉米,朱迪。"他妈妈说着,用手掌托起碗,而不是端着。

朱迪长大时,有些放工之后的夜晚,他母亲连拧干抹布的力气都没有。她的手指僵硬,疼痛从手蔓延到肩膀和脖子。之后她不得不离开了家禽养殖场,当起女招待,疼痛减缓了,但是手指依然向里弯。

"真不敢相信现在已经五月了,"朱迪的妈妈说,"再过三年你就大学毕业了。"

"然后永远离开这里,"凯伦说,"小弟弟向来知道自己想要什么。我以为我也是,但是我把硬鸡巴和爱情混淆了。"

"别这么说话,"他们的妈妈说,"尤其别当着孩子的面。"

"为什么不啊,妈,"凯伦回答,"你也犯过一样的错误。"

他们的母亲退缩了。

"高中里你没搞大劳伦的肚子真是太可惜了,"凯伦对朱迪说,"你可以像爸爸那样一走了之。保持传统。"

"我不会那么做的。"朱迪回答。

"不会?"凯伦说,"要我说谁都说不准,是吗,小弟弟。"

"求你了,"他们的母亲柔声说,"我们说些别的吧。"

"劳伦没能在养殖场里做很久,"凯伦说,"好事。像她这么娇生惯养的人,用不了多久就会割掉一只手。但她还是四处炫耀她有多聪明。休息的时候她总是和那两个墨西哥女人坐在一起,学说她们叽里咕噜的话,帮她的'madres[①]'填写表格。"

克里斯朵又伸手拿饼干,被凯伦拍了一下。克里斯朵抽回手,打翻了牛奶,开始哭。

"看看你都错过了什么好戏,小弟弟。"凯伦说。

还有三年,那天晚上朱迪躺在床上想。在这样不稳定的经济状况下,可能会没有工作,却还有更多的贷款要还。他想起那个星期五下午,特蕾克斯勒小姐坐在房子的前厅,解释说单亲家庭如何能成为一种优势。你的儿子值得拥有更好的生活,特蕾克斯

---

① 西班牙语,意思是母亲。

勒小姐这样告诉他母亲,然后解释了她带来的经济补助申请表格。辅导员并没有将视线停留在破旧的家具上,破了的窗户封着一块蓝色防水布,但是她的意思已经足够清楚了。这期间,他的母亲一边听,一边紧张地拽着自己的裙子,她的礼拜裙。

朱迪睡不着,于是他套上牛仔裤和T恤,坐在门廊的台阶上。夜晚又冷又安静,这会儿还没有蝉声,也没有卡车或者轿车把牧场上方的铁桥震得隆隆响。四分之一轮月亮挂在星星中间。劳伦曾经说,月亮像一个黯淡的逗号,她还说起月亮的相位。那个星期五下午,填完所有表格以后,特蕾克斯勒小姐叫朱迪一起出去走走。他们走到她的车子旁边时,她说,劳伦让我们失望,但是不要因此而放弃你生命中追求的东西。

朱迪回到屋里,打开手提电脑。他母亲家里没有网络,但是他已经下载了前前后后的照片。他看着枯萎的脸蛋,如同延时摄影中的花朵。每一年都像是十年。慢慢走向死亡。

晚饭以后,朱迪的母亲去上班了,朱迪收拾了行李箱和背包出发去城里。他从ATM机上取走了账户里所有的钱,然后开车去了沙克尔福德屋。他把车停在福特特拉斯旁边,踏上腐烂的门廊台阶,打开门。他们都坐在沙发里,无声的电视机依然在壁炉里闪烁。

"我希望你和我一起去罗利,"朱迪说,走上前去握住劳伦的手,"求你了,我不会再问一遍。"

她抬头时,有什么东西在她的瞳孔深处闪烁。尽管她并没有犹豫。

"我不能,宝贝,"她说,"我真的不能。"

朱迪回到外面,再次回来的时候拿着行李箱和双肩包。他把它们放在屋子中间,从包里拿出钱来,丢在募捐盘里。

"点火吧,比利,"凯蒂·林恩说着把烟斗填满,"这个男孩在外面的寒冷中待得太久。"

III

魔法巴士

莎布拉换下礼拜服,帮着做完午饭,把桌子清理干净,碗碟也洗完放好以后,去了大路上面的高地牧场看车流。从记事起她便一直这么做。过去几年里,她的兄弟杰弗里还陪她一起。他们随便选一个除北卡罗来纳之外的州名,等着看哪种车牌最先经过。杰弗里总是选田纳西或者佛罗里达,因此他总是赢。杰弗里多年前就厌倦了这个游戏,所以现在只剩莎布拉一个人。她的母亲六月的时候说,一个快十六岁的女孩不应该热衷于这种无意义的事情,但莎布拉还是坚持去。星期天下午是她仅有的自由时间,她想怎么过就怎么过。

她听见货车引擎声,低头看着农舍。她的父母和杰弗里正要出发去布恩买冰淇淋,然后去十字山谷看望柯利阿姨,听听大表兄杰姆从越南传来的消息。他们六点左右回来,在此之前,莎布拉要开始准备晚饭。尘土在小货车后面飞扬,直到县道尽头,一块灰色的木牌子上写着蓝山大道。车子左转,经过停车带和野餐桌，消失不见。莎布拉坐下，膝盖蜷到胸口。车流排成一列缓缓向前，意料之中，因为再过两天就是独立日了。

一块块车牌相继出现，但是莎布拉总能说出是哪个州。有些比较棘手，特别是北卡罗来纳和田纳西，都是白底、黑色字母和数字，即便如此，她还是能够分辨。但是莎布拉对这些不感兴趣，她在寻找像新墨西哥、加利福尼亚或者阿拉斯加这些遥远的地方，车牌上有蓝色、金色和红色。每次有一辆经过，她都会想象生活在那样的地方会怎样。在这个阴郁的农场，日子过得像滴落的糖浆一样缓慢，每个星期她都重复同样的事情，从清晨给奶牛挤奶开始，到晚上收拾碗碟结束。即便像星期天这样最好的日子，她的父亲不要求她和杰弗里干农活，但早晨还是要听布道者讲述世间的罪恶，每样东西，从汽车电影院到摇滚音乐，都是恶魔的勾当。

等到九月份，学校重新开学以后，事情也不会变得有多好。莎布拉三年级时最好的朋友希拉·布兰肯希普五月份退学结婚了。下午和周末还是要干活，包括秋天收割烟叶，这是最累最脏的活。用去垢皂都没法洗干净手上的树脂，沾到头发上就必须得用剪刀剪。

面包车出现在莎布拉的视线中时，她已经数过了三十七个州。车的两侧和顶部都画着各种形状和颜色的花朵。后窗有几个巨大的紫色字母，写着"魔法巴士"。面包车驶入停车带，噼噼啪啪地停下来。走出来两个女人。高个子打开引擎盖，扬起一股蒸汽，她俩就不见了踪影。等到烟雾消逝，她们和车都还在那儿。莎布拉知道散热器需要加水。她犹豫了一会儿，然后站起来，拍拍牛仔裤上的灰，向房子走去，从门廊取了牛奶桶。

莎布拉沿着斜坡向大道走去时，发现那不是两个女人，而是一个女人和一个男人，两个人都是长头发。女人看起来并不比莎布拉大多少，穿着软皮做的宽松裙子，没有戴胸罩，也没有化妆，但是脖子里挂着一串珠子。男人年纪大一点，系着红色的印花手帕，穿着一条破破烂烂的牛仔裤和一件剪去袖子的绿色美军衬衫，衬衫翻领的纽扣上写着"充实你的头脑"。他很久没有刮过胡子了。嬉皮士，别人这样称呼他们，但她父亲在电视上看到这些人的时候会用更难听的称呼。莎布拉在停车带旁边停下脚步。

他们都光着脚，但女人还是钻进黑莓地里，把黑莓装进纸杯时，手指上沾满汁水。她一边钻进另一片灌木，一边欢快地哼唱着。男人站在面包车旁边。

"你们不应该摘黑莓的。"莎布拉说。

女人转身微笑着。

"为什么不啊。"她柔声问。

"护林员说的,因为这儿是政府土地。"

"这样我们才更有理由摘呢,"男人看着她说,"这块土地是人民的。"

他的声音和那个女人的一样,非常柔和,像是电视里的播音员。莎布拉把牛奶桶换到了另一只手上。

"我只是说说,好让你们知道,"她说,"护林人每个小时都会过来。"

一辆旅行车经过野餐区域标牌,亮着转弯灯,减速,然后又加速开走了。孩子们的脸挤在后座的车窗边,眼睛睁得大大的。

"总好过看到一只熊吧,但是对父母来说,我们或许更可怕。"男人说,看着旅行车消失在拐角处。

女人从黑莓地里走出来,把杯子递给莎布拉。

"吃点吧。"她说。

"你过来些吧,我们不是坏人,"男人走到女人身边,"就像歌里唱的,我们不过是在星期天下午找点乐子。"

"好吧。"莎布拉说着走近了一些。

女人往莎布拉空出来的手里倒了五颗莓果,又给了男人五颗。莓果已经熟透了,莎布拉的嘴里都是甜美的汁水。

"我叫温迪,"他们吃完以后女人说,"这是托马斯。"

"我叫莎布拉,莎布拉·诺里斯。我住在山脊那边。"

"莎布拉，好美的名字。"温迪说。

"听上去很有异域风情。"男人说。

"不管怎么说，"莎布拉说，"我估计你们用得上水桶，在大道那边有条小河。"

"哪里？"托马斯问，接过水桶。

莎布拉指了指一片桦树林。

"你真好啊，"温迪说，"在路上最棒的事情就是遇见那么多爱和善意。"

托马斯穿过大道，走进树林。温迪坐在停车带的路沿上，招呼莎布拉和她坐在一起。

"我的表兄杰米在部队里，"莎布拉说，"托马斯过去也是？"

温迪看起来很疑惑。

"哦，你是说他的衬衫？"

"是啊。"莎布拉说。

"没有，托马斯崇尚和平，反对战争。"

"那他肯定抽了个好号码，"莎布拉说，"杰米的号码是三十二。"

"托马斯三十岁了，"温迪说，"那会儿还没有开始乐透。他们也有征兵，但是他没有被挑中。你表兄在越南？"

"是啊。"莎布拉说。

"他为什么不做一个拒服兵役者?"温迪问。

"那是什么意思?"

"意思是说你不希望伤害他人,特别是在一场我们不应该参与的战争中。"

"我猜杰米觉得那是他的责任,"莎布拉说,"就好像杰西叔叔参加过二战,我爸爸去了朝鲜。"

"嗯。我希望越战能快点结束,"温迪说,"这样你的表兄和其他人就能回家了。"

一辆轿车拖着银色的房车经过,后面还跟着一排车。好几个司机经过时都盯着他们看。莎布拉心想,他们大概觉得我和温迪还有这辆车是一伙的。这个念头让她愉快,她希望自己没有穿这件格子图案的女式双兜牛仔衬衫就好了。

"他肯定很想念这儿,"温迪说,"这儿太美了。"

"也不是一直这么美,"莎布拉回答,"常常有大雾,人都快要窒息了,而且雨一下就是好几天。只有夏天有这样的好日子。"

"旧金山也是这样,"温迪说,"但是我喜欢灰暗的天气。像是在城市外面盖了条柔软的毯子。让人感觉舒适,安全,温暖。这样的早晨,我和托马斯会在床上躺半天。"

莎布拉看着温迪的左手。

"你和托马斯认识很久了吗?"

"到今年九月就一年了。"温迪说。

"你们怎么认识的?"

"我大学的第一个学期,有一个星期天,走了很长的路想看看城市。但是我显然不认识。托马斯出现了,自愿当我的导游。"

"所以你不是在那儿长大的。"

"密苏里。"

"你还去念大学吗?"莎布拉问。

"不去了,"温迪说,"和托马斯在一起我学到了更多。"

"比如?"

"人们需要付诸行动而不是嘴上说说。就像这次旅行。有一天托马斯说我们应该去旅行,两小时后我们就上路了。"

托马斯从树林里走出来,右手提着水桶。他过马路时,水漫出来,打湿了灰色的沥青路面。

"需要帮忙吧,宝贝?"温迪问,伸手想要从路沿站起来,但是托马斯摇摇头。

"我从没去过任何地方,"莎布拉说,"唯一一次离开北卡罗来纳是学校组织去诺克斯维尔。"

"你们家从来不去度假?"温迪问。

"我和弟弟杰弗里一直想要去佛罗里达,"莎布拉说,"但是我父母说没钱。"

"不需要钱,至少不需要很多钱,"温迪说,"托马斯和我六星期前离开旧金山时只有五十块。"

"那你们吃什么呢,怎么买汽油?"

"分享东西,"温迪说,抚摸着脖子上的珠子,"我每天都串珠子。别人拿钱来换,或者食物,甚至汽油。托马斯也有东西可以拿出来分享。"

莎布拉向西眺望祖父山。太阳挂在山顶,像钓鱼浮标似的,等待着被什么东西拽下去。她的父母和杰弗里可能已经离开了柯利阿姨家。是时候穿过牧场往回走了,但是莎布拉不愿意。如果面包车早点开来就好了,她家人一出门就开来。

托马斯关上引擎盖,朝路沿走来,但是没有坐下。他把水桶递给莎布拉,她站起来接。温迪也站了起来,托马斯搂住她的腰,把她拉过来,亲吻了她的脸颊。

"我们可以走了,宝贝。"他说。

"但是这儿真不错,"温迪说,"我们待一个晚上吧。"

"是不错,"托马斯说,"可是我们吃什么呢,女士?"

"我们有足够多的面包和花生酱做三明治吃。"

托马斯叹了口气。

"我们有十八块。我在想,我们可以在布恩停一停,吃顿真正的饭。"

"我可以让你们吃顿好的，"莎布拉说，"而且不用花钱。"

"你真是太好了。"温迪说。

"你的父母呢?"托马斯问，"他们可能不会赞同你为陌生人做这些，特别是看上去像我们这样的。"

"我不会让他们知道的，"莎布拉说，"天一黑他们就上床了。你们可以吃鸡肉、豆子，还有玉米面包，我会做一些土豆色拉。还能带些新鲜牛奶给你们。"

"这些值得我们等上几个小时。"托马斯说。

"但是你得把食物带到这儿来，"温迪说，"在夜里。"

"你们可以在谷仓和我碰头，"莎布拉说，"我会指给你们看在哪儿。天黑以后，你们就能过去。"

"我们怎么回来呢?"托马斯问，"我们没有手电筒。"

"我会给你们一个，或者你们也可以在谷仓过夜。第二天早晨我会过去挤牛奶。"

"我们喜欢待在外面，看看星空，"托马斯说，"但是吃的听起来不错。"

"你肯定这样没问题吗?"温迪问。

"我真的很愿意为你们做些什么，"莎布拉回答，"像你说的，分享令人愉快。"

温迪微笑着伸手摸了摸莎布拉的脸，停留了一会儿。莎布拉感觉到手心的温度。

"你会喜欢旧金山的,莎布拉,"温迪说,"它也会喜欢你。"

莎布拉在家人回来前只够时间做土豆色拉。杰弗里冲进来,抓起棒球手套,父母刚进屋,他就又跑了出去。

"去别人家做客的时候,那孩子像个弹簧一样坐不住。"

"十二岁的男孩都这样,"她父亲说,"我可不希望自己的儿子和别人不同。"

他们能听到球撞在柴棚上的声音。

"妈的。想起来了,"她父亲说,"我得去把喷淋罐装满,明天要用。"

他走出门去。撞球声停了一会儿,又开始了。母亲走进厨房,系上围裙。

"你磨磨蹭蹭的,姑娘。"

"我打算做土豆色拉,"莎布拉说,"花的时间比我预计的长。"

"好吧。不用担心,"母亲说,"你爸爸和弟弟靠那些冰淇淋还能撑一会儿。"

母亲给鸡肉上浆,开始油炸,莎布拉拿出豆子,摆好玉米面包,放进烤箱。

"柯利阿姨怎么样？"莎布拉问。

"还行，不过她觉得杰米不会活着回来了。"

"她为什么这么想？"

"因为已经有第二个从十字谷去的男孩死在那儿了，"她母亲说，"死者成三，她是这么对你爸爸和我说的。"

莎布拉露出痛苦的神情。

"你这表情是什么意思？"她母亲问。

"好像这里的每个人都抱着最坏的打算。"莎布拉说。

"我不这么想，"母亲说，"如果孩子在那儿，任何人都会担忧的。"

"杰米不是非去不可，"莎布拉柔声说，"他可以告诉军队说不想再打仗了。他可以成为拒服兵役者。"

母亲正要把炸鸡夹到吸油纸上，她停下手里的动作。

"天哪，姑娘，别让你爸爸听到你这么说。你知道他上回在新闻里听到这种东西的反应。他不想再被自己的女儿惹恼，而且他今天对你特别好。"

"什么？"莎布拉问。

"你的生日礼物，"母亲说，"我不小心说漏了嘴，但是只有五天了，所以我告诉你吧。我们去凯马特买了你一直想要的唱机。"

"但是你们都说太贵了。"莎布拉说。

"你爸爸说我们应该把这个夏天你错过的所有冰淇淋都算成钱。不管怎么说,今年的收成应该不错。六月的雨水会帮我们度过干旱。到秋天,我们的谷仓会装满干草和处理过的烟叶。"

莎布拉的母亲把最后一点油倒进一只旧的咖啡罐里,转身,微笑着。

"看,这不是什么最坏的打算,是吧?"

"嗯。是啊。"莎布拉说。

"那么笑一笑,叫你爸爸和弟弟过来吃饭吧,不要让他看出来你已经知道唱机的事情了。他希望给你一个惊喜。"

农舍的灯都熄灭以后,莎布拉从枕头底下拿出手电筒。她脱下胸罩,穿上一件胸口印着田纳西字样的橘红色T恤,轻手轻脚地走进厨房,装了一只食物袋。第二天怎么解释消失了的食物,莎布拉不知道。可能不需要解释,她告诉自己,但是我至少还得去看看。

莎布拉打开前门,向谷仓出发,她循着门廊的灯泡和自己的习惯走,看到一抹微弱的橘红色光线时,已经快要走到谷仓门口了,她还以为那是一只发光虫,直到打开手电筒。托马斯坐在谷仓地板上,背靠着马厩的门。温迪坐在几尺远的地方。他们中间放着一只亮黄色的双肩包。

"爸爸不允许在谷仓里抽烟。"莎布拉说。

托马斯笑笑。

"这不是烟,至少不是他想的那种。"

托马斯吸气的时候,橘红色的一端微微发光。过了一会儿,他噘起嘴唇,让烟雾从嘴里滑出来。他把手里的东西递给温迪,她也做了相同的动作。

"你抽过大麻吗?"托马斯问。

莎布拉摇摇头,回头看了看农舍。如果大麻的气味传得足够远,她父亲会闻到。莎布拉告诉自己,不会的,你不过是在做最坏的打算。

"你看起来好像不太乐意。"托马斯说。

"我听说过这玩意儿的功效。"

"好还是不好?"托马斯问,从温迪手里接过大麻。

"不好。"莎布拉说。

托马斯又呼了口气,让烟雾弥散在他们中间。

"谁告诉你的?"

"我的健康老师。"莎布拉说。

托马斯举起大麻烟,做了一个缓慢的旋转的动作,像是在空中写了些什么。

"你觉得他嗨过吗?"

灰头发的波德斯先生是位教堂执事,甚至都不抽烟,莎布拉试图想象他像托马斯和温迪一样,吸一口气让大麻烟停留在肺里,然后再慢慢地吐出来。

"没有。"莎布拉说。

"那他就不知道,不是吗?"托马斯说。

"我想是的。"莎布拉说,从钉子上拿下一块鞍褥。

大麻烟只剩下一截了,几乎拿不住。托马斯最后一次把它放进嘴里,然后把剩下的撒在裤腿上,用手掌揉进布里。

"都没了。"他说着,举起手来。

莎布拉把食物袋放在鞍褥上,摆好手电筒,把光线照在他们跟前。她拿出两把叉子和两个纸盘,又拿出一只特百惠保温碗和一罐牛奶。

"抱歉我不能帮你们加热,"莎布拉说,"我也没有带杯子来。"

托马斯把玉米面包和鸡肉放在盘子上,盛出一些土豆色拉,咬了一大口鸡肉。

"天哪,太好吃了,"他说,用叉子指着温迪,"你最好快点吃,不然一会儿就什么都没了。"

"你呢,莎布拉?"温迪问。

"我晚饭吃了很多，"莎布拉说，从包里取出牛奶，"包里放不下杯子了，但是我估计你们也不会介意。"

尽管罐子里还有牛奶，特百惠的碗很快就空了，只剩下几根骨头。

"从没遇见过比汽车散热器坏了更好的事情了。"托马斯说。

"是啊，"温迪同意，"我们正巧经过，绝没想到在山的那边能遇见新朋友。"

"可能是注定的，"托马斯说，看着莎布拉的眼睛，"事情的发生都是有原因的。那句你很喜欢的话是怎么说来着的，温迪，有关命运的那句话。"

"我们不寻找命运，命运来寻找我们。"温迪回答。

"我相信，"托马斯说，还是看着莎布拉，"你呢？"

"我也这么想。"莎布拉说。

托马斯把脑袋靠在马厩的门上，半闭着眼睛。温迪打开双肩包，拿出一串珠子递给莎布拉，和她戴着的那串一样。

"我在等你的时候做了这个。"

"这比我见过的任何东西都美，比彩虹都美，"莎布拉说，"太谢谢你了。"

她双手捧着珠子，慢慢拉开松紧带，再让它们在脖子上收紧。

"我戴着好看吗?"莎布拉问。

"太好了,但是两串的话会更好看,"温迪说,"你想自己试试吗?很容易。"

"好啊。"

莎布拉凑近过来,像温迪一样盘腿坐下。温迪把一圈橡皮筋和一塑料袋的珠子放在她们中间。莎布拉拿起一根绳子,看着温迪在距离尾端一英寸的地方打了一个双结,她也照做。她开始从塑料袋里选珠子,试图每种颜色都找一颗。

"你这样做没错,"温迪说,"但是如果让颜色给你意外之喜的话会更有趣,像这样。"

温迪说着把手伸进塑料袋里,拿出一颗绿色的珠子。她把珠子穿进绳子,看都没看就又拿出一颗橘红色的。莎布拉也照做。

"这样真的更好看了,"莎布拉做完以后说,"我猜旧金山的人整天都做手工。"

温迪笑笑。

"是啊。"

"他们在那儿还做什么?"莎布拉问。

"唱歌跳舞,注视着彼此,爱着彼此。"

"把自己弄嗨。"托马斯的眼睛现在彻底睁开了。他把一只手放在温迪的大腿上,抚摸了一会儿,然后挪开。"做爱,反战。"

"所有人都很年轻,"温迪说,"你去了才会知道。"

"我希望以后能去。"莎布拉说。

"你会的,"温迪说,"你到了那儿,就再也不会想离开。"

"嗯,我如果去了那儿,"莎布拉说,"就先去找你们。"

"当然,"温迪说,"你可以和我们住在一起,直到你找到自己的住处,你说呢,托马斯?"

"没错,"托马斯说,"不过既然你现在就能搭上魔法巴士,还等什么呢?"

起初莎布拉以为托马斯是在开玩笑,但是他没有咧嘴笑,甚至都没有笑意。温迪也没有。莎布拉想了想托马斯和温迪离开以后会怎么样。星期天之前她都不会遇见同龄人。即便碰到了,也是同样的人,他们总是用同样的方式谈论同样的事情。

"你是说跟你们一起走?"莎布拉问,"我是说,明天?"

"明天,甚至今晚也行。"托马斯说。

"我想和你们一起走。"莎布拉柔声说,想要再假装一会儿,好像她真的可以似的。

"你会很受欢迎的,"温迪说,"但是如果再等等或许会更好,我是说,你多大?"

"十七岁。"

托马斯看着温迪。

"要命，我认识你的时候，你也不过是比她大一岁。外面很多女孩都那么年轻，或许还更年轻。事情就是这样的，宝贝，趁你还足够年轻的时候过自由的生活，认识到什么是自由。"

"我觉得没错。"温迪说。

托马斯指了指缠绕在莎布拉手上的珠子。

"你干吗不戴上呢？"他说。

莎布拉把珠子绕过头顶，拉了拉，挂在另外一串旁边。她想了想如果她的父亲看到她戴着这个会怎么说。或者她的母亲，她也不会喜欢的。托马斯往烟纸里放了更多大麻，把两头拧了起来。

"这玩意儿到底是什么感觉？"莎布拉问，"我是说，大麻？"

"就像做梦一样，不过你醒着。"托马斯说。

"但都是好梦，"温迪补充，"你想要做的那种梦。"

"不会有伤害吗？"莎布拉问，看着温迪。

"不会，"温迪说，"它会治愈你，赶走坏事。"

托马斯点燃了大麻烟，递给莎布拉。

"如果你喜欢的话可以试试，要不然我还有些真家伙。"

他从口袋里掏出一个阿司匹林药瓶，标签撕去了一半。里面有圆形的粉红色药片和点 22 口径子弹形状的红蓝胶囊。

莎布拉接过烟。

"吸一口,然后在肺里能憋多久就憋多久。"托马斯说。

"一开始别太久,"温迪提醒她,"你会咳嗽的。"

莎布拉照做了,咳到窒息,把烟递还给托马斯,他飞快地吸了两口,呼出来。烟卷在他们手里交替了两圈,托马斯伸出空闲的手,把温迪的一绺头发绕在手指上。他慢慢地抽回手指,头发在头皮上扯了一会儿,他才松开。

"过来,宝贝。"

托马斯吸了一口,温迪靠过来,让烟雾灌进她的嘴里。

"轮到你了。"托马斯说。

莎布拉没有挪动,于是他靠了过去。

"张开嘴。"托马斯说。

她闭上眼睛,照做了,从喉咙和肺里感觉到他温暖的烟气腾腾的呼吸。托马斯呼完一口气时,嘴唇扫过了她的嘴唇。

托马斯再次靠回马厩的门边,深深地吸完最后一口,把剩下的揉进牛仔裤里。温迪用两只手捂住脸。她咯咯笑着,然后抬起手露出一个大大的微笑。

"我太嗨了。"

"我告诉过你这是好东西。"托马斯说。

"很好。"莎布拉同意,尽管除了喉咙发干她什么都感觉不到。

"如果我们买下那台收音机,现在就能跳舞了。"温迪说。

"我怀疑他们在这儿常常放水银使者乐队和感恩而死乐队,宝贝,"托马斯说,"还有魔城音乐公司的。"

莎布拉想起那台唱机,但是就算她有45转黑胶唱机,也没有地方插电。

温迪兴高采烈。

"我能自己唱。几乎和唱片放出来的一样好听。我来当点唱机,你们想听什么我都能唱。"

温迪挪了挪手电筒,让它照着谷仓的中央。她站起来,把一只手放在托马斯的胳膊上。

"来吧。"她说。

托马斯站起来,温迪把头靠在他的胸口。

"你想要听什么歌,宝贝?"

"《白兔》。"托马斯说。

温迪开始哼唱,她和托马斯摇来摇去,脚却几乎没有动。莎布拉想喝点水,她的喉咙太干了。她伸手去拿牛奶的时候晕眩袭来。托马斯和温迪,还有谷仓,以及夜晚本身,都向后滑落到远处,又重新出现,但一切都是垂直的。莎布拉一瞬间惊慌失措。她闭上眼睛,除了温迪的哼唱,她想把其他一切都屏蔽。很快哼唱声既像是在外面,又像是在她的身体里。莎布拉感到就连她的指尖都快乐得叮当响。当她睁开眼睛时，确实像一场梦，一场温暖的美梦。她看着托马斯和温迪跳舞，紧紧地搂住对方。他们相爱，而且不怕表现出来。这片农场从没发生过这么美丽、这么奇妙的事情。从没。

温迪停止了哼唱，但是头依然靠在托马斯的胸口。

"现在唱什么？"温迪问。

"我不在乎，"托马斯说，"但是莎布拉也应该跳支舞。"

"是啊。"温迪同意。

"我不能跳舞，"莎布拉说，"我头晕。"

托马斯走过去，扶莎布拉起来，站了一会儿，领她走到谷仓中间。

"你想听什么歌，莎布拉？"温迪问。

"我不知道，"她回答，"你挑一个吧。"

"我唱《两边》，"温迪说，"这是首很好听的歌。"

温迪坐在马厩的门边，开始哼唱。托马斯用胳膊搂住莎布拉的腰，把她拉近过来。她像温迪一样把头靠在他的胸口。她和希拉曾经假装跳过几次舞，学着电视里在舞池中滑动的情人，但是现在更简单。只需要彼此倚靠着，轻轻滑动脚步。她身体的一部分像是在其他地方观看着自己和托马斯跳舞，既亲近，又遥远。托马斯有股麝香味，她能闻见，但并不难闻。他把脸靠过来。

"像你这么可爱的女孩一定有男朋友。"

"没有。"莎布拉说,没有说她的父母不让她约会。

"难以置信,"托马斯说,"也很难相信你真的有十七岁。你到底多大?"

"十六岁。"

"甜蜜的十六岁,"托马斯说,"已经足够大了。"

他把另一只空闲的手放在莎布拉背后,又拉她靠近了一些,她的乳房压在他的胸口。他放在她腰间的手移到了她脊椎和屁股的交接处,现在她的整个身体都扑入了他的怀中。她能透过牛仔裤感觉到他。他们的脚不再移动,只有屁股还在摇摆。莎布拉看着温迪,她哼到最后几个音符的时候,已经闭上了眼睛。

"你们接下来想听什么?"温迪问。

莎布拉从托马斯的怀抱中滑出来。谷仓晃了一会儿,她盯着自己的鞋子以及鞋底的稻草和污泥,才保持住了平衡。当谷仓再次平稳下来,它就像是缩了水,尤其是谷仓门。

"轮到你了,温迪。"莎布拉说。

温迪睁开眼睛。

"我已经占据了他一整天,现在他是你的。"

托马斯把一只手放在莎布拉的胳膊上。

"温迪不介意分享。"他说。

"我头晕,"莎布拉说,"晕得没法跳了。"

托马斯点点头,手滑到她的胳膊内侧,手指扫过她的手心。

"没事,"托马斯说,"第一次总有些害怕。温迪也是这样。"

"再和我跳一支舞吗,宝贝?"温迪问,"还是把唱机关了呢?"

"把唱机关了吧,"托马斯说,"我们该上路了。"

"我以为你们会待到第二天早上。"莎布拉说。

"这辆巴士没有固定的日程表,"托马斯说,"它经过时,你要么上车,要么留在原地。"

温迪把松紧带和珠子放进双肩包,拉紧带子。她站起来,有点摇晃,朝谷仓门走去。

"那么,"托马斯说,"准备好上车了吗?"

"我很想去,但是……"莎布拉顿了顿,"我的意思是,我在想或许你们可以给我留个地址,或者电话号码。这样我能找到你们。"

"但是你会来的吧,"托马斯说,盯着她,"只不过你不确定今晚该不该走。"

"没错,"莎布拉说,"我就是这么想的。"

"月亮侧过身来,露出一张微笑的脸,"温迪说,"千真万确。"

托马斯拿起手电筒,靠在马厩上。他把光束照在他和莎布拉之间的地板上。她几乎看不清他的脸。

"有时候要是你被锁住了,"托马斯说,"其他人会解放你。"

"我没有被锁住。"莎布拉说。

"真是这样的话,现在就上路吧,"托马斯说,"我能教你身体的每个部分如何获得自由,你的头脑和你的身体。"

"我得走了。"莎布拉说。

一根火柴点燃了。托马斯慢慢地把火柴放进马厩。他的手伸回来时是空的。

"像我说的,有时候得有其他人来解放你。"

"这可不好玩,"莎布拉说,"你们得走了。"

"过来看笑脸。"温迪说。

莎布拉先是听到火苗的声音,马厩里噼噼啪啪响,但她还是不相信,直到闻见烟味。火苗从木板往外蹿。莎布拉抓起地上的鞍褥,正要打开马厩门的时候,托马斯伸出胳膊拦住了她。

"得了吧,"他说,"我们得走了。"

"不行。"莎布拉大喊着挣脱出来。

她打开马厩门,拍打着火苗,但是它们已经蹿到了下一间马厩。褥子也着了火,扑不灭。火苗蹿上了阁楼,莎布拉在烟雾中很快就什么都看不见了。她跌跌撞撞地走出谷仓。烟雾像棉花一样堵在她的肺里，她一路咳嗽跑到溪边。农舍的灯亮了，她父亲朝谷仓跑去，杰弗里和母亲跟在后面。她从高地牧场看到一束光在栏杆旁边停留了一会儿，然后转向大道，消失不见。

莎布拉不知道自己有没有睡着，但是当她醒来时，东面的黑夜已经开始放亮。过了一会儿，母亲跑进她的房间里，告诉莎布拉说不管有没有谷仓，还是得去挤牛奶。莎布拉穿好衣服。当她穿过前厅的时候，父亲睡在沙发上，还穿着外套。他的脸上和手上都是煤灰，闻上去一股烟味。原先的谷仓现在变成了一块黑色的烟熏痕迹，牛奶桶搁在一边。奶牛正在溪边喝水，莎布拉走近时它抬头看了看。她穿过烧焦的土地，走进高地牧场，钻过栏杆。

面包车不在了，但是手电筒在路沿的草丛里。她关掉手电筒，沿着斜坡回到牧场。底下，奶牛已经离开了溪水，站在谷仓的灰烬旁，等着有人来挤奶，不知道还能去其他什么地方。

嫁 妆

纽厄尔太太收走布恩牧师的盘子和咖啡杯以后,他逗留在桌边,看着厚厚的雪片落下来。花园被天使的翅膀覆盖了,紫荆的深色枝条如同披上白色的锦缎。不是刺骨的雨夹雪就算是好的啦。纽厄尔太太回到教区长家的餐厅时,布恩牧师这么跟自己说。

"这种天气外出的话你会染上风寒,"管家说,指指他的《圣经》,"这样你就不是自己读《圣经》了,而是听别人在你的棺材上读。"

"听得到吗,纽厄尔太太,"布恩牧师微笑着,"你是在怀疑教堂教义吗,死者已死,直到耶稣回归。"

"呸,"管家说,"你知道我是什么意思。"

布恩牧师点点头。

"是啊,我们也希望是个好天气,但是我保证我会去的。"

"再过一个星期也没关系,"管家说,"年轻人有的是时间。"

"已经八个月了,纽厄尔太太,"他提醒她,"还有,他们也不是那么年轻,特别是伊森。两年的战争夺走了他太多青春,甚至可能是全部。"

"我还是觉得他们能再等一个星期,"管家说,"可能到那时候,上校饮恨而终,一切问题都解决了。"

"我更担心伊森撑不到一个星期就会做出可怕的事情,"布恩牧师回答,"还是出于他自己的决定。"

管家发出愤怒的叹息。

"我去把纽厄尔先生叫来牵马,带你出去。"

"不行,今天是星期天,"布恩牧师说,"他备好轻型马车就行。独处能让我思考一下下星期的布道。"

他松开车闸的时候,雪势还完全没有减弱的迹象,但是马车的帆布顶为他挡住了大雪,厚厚的羊毛外套也足够暖和。车轮轻轻地压过城市里被踩踏过的雪。没有其他声响,商店都关着,庭院和门廊也空荡荡的;唯一的生机是窗户里壁炉闪烁的火光。他经过诺亚·安德鲁斯的家。这位医生会责备他在这样的鬼天气出门,但是换作诺亚,如果有任务在身,也会这么做。头顶,低低的天空呈现出铅灰色。布恩牧师心想,恰如其分。

五年前战争开始以来,他看到如邻居般和睦相处的家庭反目成仇,很多甚至还有氏族的亲属关系。人们不时挥拳相向,男人举着来复枪去教堂做礼拜，但是和郡里其他地方不一样，这片社区至少没有发生过杀戮。相反，当地居民死在冷港、石河和夏伊洛国家公园，他告诉诺亚·安德鲁斯，在希伯来语中，夏伊洛的意思是"和平地带"。教堂宗教团体的大部分人都支持联邦，那些人一路向西加入林肯在田纳西的军队，还有些人加入了分裂派，包括戴维森一家。布恩牧师也向着联邦，尽管除了诺亚·安德鲁斯没有人知道。他告诉自己，为了在教堂中保有破损的仁慈，牧师必须保持中立。然而有些时候，他怀疑自己的沉默只是怯懦而已。

现在为联邦而战的伊森·布克想要娶戴维森上校的女儿海伦。这对情人在上星期的礼拜前来找他，再次请求他的帮助。他俩青梅竹马，春天的同一个星期天在法兰西布罗德河由布恩牧师施洗。伊森和海伦十二岁时，他们问他，到了适婚年龄，他能不能为他们证婚。大人都很吃惊。自从去年春天战争结束以后，布恩牧师注意到他俩会在礼拜前后交谈，看到他俩飞快的小动作。但是伊森去戴维森家的农场拜访海伦时，上校在门口拦住他，残存的手里握着一把柯尔特自动手枪。他发誓说，你别想活着踏上这门廊一步。伊森和海伦把他的话当真了。连续八个月，每个星期天下午，伊森走三英里路到戴维森农场，为这个独手男人做最粗重的活，而他自己家只有一头伤了背的驴。海伦站在门廊向外张望时，伊森更换谷仓变形的木板和腐烂的屋顶，清理水井，把干草垛放进阁楼。之后，他站在台阶上和海伦聊天，直到夜幕垂落到山谷。然后他才走回农舍，他的寡妇母亲和弟弟妹妹们在那儿等他。

教会里打过联邦军队的人仿佛都已经打算把战争忘记，即便是里斯·崔普里特，他在冷港失去了两个兄弟，但是戴维森上校并没有，他在北卡罗来纳第五十五队服役过的侄子和表兄也没有。布恩牧师知道，胜者比败者更容易原谅。戴维森上校板着脸聆听整个布道，他与伊森还有其他退伍老兵，包括他自己的男亲属不同，上校每次来做礼拜都穿着浅褐色的军装外套。布恩牧师建议他把军装收起来的时候，戴维森上校便指指空袖管。他粗暴地回答，牧师，有些事情是无法忘怀的。

伊森那个星期天也在，他和布恩牧师一样，知道这个男人是认真的。即便是在战前，戴维森上校也不是一个好相处的人，一点点小事就能惹恼他。一次一个小贩打趣说戴维森的种马看起来更适合耕地，警长和另外两个人好不容易才拖住上校没把他打死。一个不好相处的男人在四年间目睹周围人的死亡，变得更不好相处，当然，还有他那只被霰弹枪炸飞了的手。然而其他人也很痛苦。布恩牧师在老人和年轻人的脸上都见过那种表情。他见证了家庭的悲伤，有时候还亲自带去死讯。那些没有男人去参战的家庭，也承受着他们的那一份恐惧和痛苦。他自己没有经历过这种艰难。即便是在战争最后一个残酷的冬天，他也没有缺少过木柴和食物，他没有孩子，不用担心儿子。没有其他人指责过他。他在那段黑暗时期几乎孤身一人，上帝的牧师是被保佑的。

马从鼻子里呼出白色雾气，蹄子小心翼翼地踩在斜坡上。一阵微风吹过，积雪倾泻。寒意从纽扣间钻进乘客的领口。雪地上出现浅浅的靴印。随着印子渐渐加深，布恩牧师辨别出脚跟的鞋钉，破损的皮革用报纸补过。当戴维森坐在他温暖的农舍里面，这个年轻人则忍受着长途跋涉。布恩牧师重新考虑了下周的布道。他思索着"俄巴底亚书"的第一章，而不是讲述善行的章节，你自己心中的骄傲欺骗了你。

靴印越来越深，马儿跟随脚印朝着远处烟囱冒出来的烟雾行走。马车驶过小溪时，冰在轮子底下吱嘎作响。其他情侣会私奔去得克萨斯，但是伊森的父亲在战争最后一年死于天花，他无法远离自己的母亲和弟妹。路面开阔起来，树木不见了。布恩牧师经过在积雪底下沉睡着等待春天的玉米和干草地。

伊森抱着一捆木柴走出柴房。他来到门廊旁，把木柴放在三根粗壮的炉柴边，又返回柴房。海伦站在门廊上，披着羊毛披风和围巾。她一看见马车便朝柴房大喊。伊森走出来，右手握着一把斧头。等马车在院子里停下，戴维森上校严厉的脸出现在窗户后面，又缩了回去。伊森把斧头靠在柴房边，把马拴在篱笆桩子上。他帮助布恩牧师从座位上下来，当布恩牧师踏上门廊时，他去拿水给马喝。海伦和他握了握手，他们的手一样冰凉。

"我们不知道你是否会来，"她说，"天气太糟了。"

门开了，戴维森太太端着杯咖啡走出来。

"欢迎，牧师，"戴维森太太说着，又对海伦说，"把这个给伊森，女儿。"

海伦接过杯子，递给等在台阶上的伊森。

"进来吧，布恩牧师，"戴维森太太说，"还有你，女儿，你也进来，至少进来一会儿。"

"除非伊森也进来，不然我就待在门廊上，"海伦回答，"但我们会听到你们说什么。"

布恩牧师进屋时，海伦坚定的手扶在门框上，确保门半开着。戴维森太太接过他的外套，消失在了后屋。外面的天气阴沉，客厅也更加昏暗。炉火提供的光亮慢慢地把房间展现在面前——一幅猎人和狗的画，一块紫红色的地毯，一把长靠椅和一个书架，最后，上校坐在远远角落的一张温莎靠背椅里。这位一家之长坐在那儿，几乎对旁人不理不睬，夹杂着几绺褐色的灰发向后梳着。尽管戴维森要比自己年轻十来岁，布恩牧师在他面前从未觉得自己年长。

戴维森太太拿着一杯咖啡从后屋回来。

"这儿，牧师。"

布恩牧师感激地接过来，因为严寒从半开的门里钻进来，填充了火苗的热度。他把杯子举到嘴边，轻轻地吹气，于是潮湿的暖气拂过他的脸颊和眉毛。他喝了一小口，赞许地点点头。

"能够再次喝上真正的咖啡真是神的恩赐，"戴维森太太说，"我们已经很久没喝了。"

上校在椅子里动了动，他的目光凝聚在布恩牧师的《圣经》上。

"是不是应该把你的来访当成公务？"

"是你女儿和伊森叫我来的，"布恩牧师回答，"但我也是大家的朋友，包括你。"

"把那扇门关起来。"戴维森上校对妻子说。

"不要，妈妈，"海伦在门廊里说，"我们要听你们讲话。"

布恩牧师露出一个浅浅的微笑。他差点想说有其父必有其女，谨慎起见还是没说。戴维森太太盯着地板。

"很好，"戴维森上校说，"寒冷能让我们跳过客套。你说吧，帕斯特。"

"我们是时候应该痊愈了，利兰。"布恩牧师说。

"痊愈，"戴维森上校举起左手，"你的朋友安德鲁斯医生会告诉你，有些事情没法治愈。"

"可能人类不行，"布恩牧师说，举起《圣经》，"但是上帝的恩泽可以。'歌罗西书'说，像上帝原谅你一样原谅他人。"

"所以你是来传播福音的，"上校说，扯了扯袖子，火光照亮了他手腕的残肢，"以命抵命，以眼还眼，以牙还牙，所以也应该以手还手。"

"'路加福音'说爱你的敌人，对他们仁慈。"

"'利未记'说追捕敌人，"戴维森上校反驳，"他们应该倒在你的剑下。"

"你过度引用了旧约，"布恩牧师说，"那里面惩罚要比原谅多。"

"但是它们粘在一起就是一本书，"戴维森上校回答，"我们选择作为自己生存准则的章节。"

"伊森也吃了苦，"布恩牧师说，"你失去了一只手，他失去了青春。你在战场上目睹的一切他也目睹了。你对敌人的愤怒和仇恨他也都感觉到。"

"他现在对我的恨意并没有比之前少。"

"但是他不恨你，"布恩牧师回答，"更何况，他爱的也是你的一部分，而海伦也爱他。你看到他对你女儿，以及你整个家庭的奉献了。伊森已经脱下军装。他告诉我，为了安抚你他会烧了它,他发誓绝不在你面前提起战争。你还能说什么?"

上校指指失去的手。

"我已经回答过了,"他说,"不要其他的。"

"是啊,你回答过了,当着你家人的面,"布恩牧师说,语气也变得很简练,"那他们的愿望呢?"

"我的手没了,这是我的痛苦,不是他们的。"

好一会儿,唯一的声音是火苗的嘶嘶声和噼啪声。

"他们原本没有你的祝福也能结婚,"布恩牧师说,"他们现在还是可以。"

"是啊,让我们把话说清楚,如果他们这么做了,"上校回答,"海伦就再也别想踏进这个房子,如果我在任何地方看到伊森·伯克,城里,教堂里,我一定会杀了他。"

"那你也得杀了我才行,爸爸。"海伦在门廊里叫。

戴维森太太举起手来捂住耳朵。

"我再也不要听到一个字了,"她提高了声音,"再也不要。再也不要。"

当她转向布恩牧师的时候,心里有什么东西与其说是粉碎了,不如说是枯萎了。戴维森太太的手垂落在身侧,低着头。四年来她在没有丈夫的情况下独自维持着农场,除了女儿没有人帮忙。有两次外人侵扰,偷走了家禽,并且威胁说要把房子和谷仓都烧了。布恩牧师记得李将军投降的消息传来时,没有一个联盟士兵的妻子为失败而哀伤,包括他面前的这个女人。她们流眼泪是宽慰于战争终于结束了。

"谈论更多的暴力没有意义,"布恩牧师说,"过去的几年里,我们承受的痛苦还不够多吗?"

"我们,牧师?"戴维森上校涨红了脸回答,"你竟敢对我说你们在战争期间承受了很多痛苦。"

"把布恩牧师的外套拿过来。"上校对妻子说,这次戴维森太太照做了。

布恩牧师走出去的时候,伊森站在第一级台阶上,海伦站在门廊,他俩握着的手搭在分界线上。他们在争吵。海伦转向布恩牧师,流着眼泪。

"别让伊森这么做。"

"我们不应该劳烦你过来的,"伊森说,他空出来的一只手指指斧头,"这是唯一能让他满意的办法。上帝啊,我现在就动手。现在。"

布恩牧师上前一步,用手肘抱住他。

"你会流血至死,或者得坏疽。有什么好处呢?"

"我看到很多男人只有一只手臂,"伊森说,挣脱了布恩牧师的手,"他不也活着,不是吗?"

"和我一起回去,"布恩牧师说,"我保证我们能找到办法,不拿你的生命冒险。"

"听他的,伊森,"海伦说,"求你了。"

"我们已经等了那么长时间了,"伊森也落下眼泪,"我做了所有事情,还是不够。"

"再等一个星期,"布恩牧师说,"再给我一个星期。"

"求你了,伊森。"海伦啜泣着说。

伊森用胳膊擦干眼泪。他点点头,朝着房子说话。

"一个星期,"年轻人大声喊,"一个星期以后我就照做,戴维森上校,我发誓。"

"我一直把你当成聪明人,威廉姆,尽管你有着单纯的信仰,"第二天早上安德鲁斯医生说,"但是你的举动完全谈不上理智。"

两个人坐在后屋,这间屋子被用来当成办公室和检查室。布恩牧师来过很多次,他或者教会里的人生病都会来,但是更多时候,这个地方就像是沙龙,马歇尔受过优等教育的人在这儿无所不谈,从文学、政治,到科学、宗教。三十年来,这间屋子几乎没有变过。富兰克林钟在书架顶上嘀嗒响,旁边的罐子里装着粉和酊剂。中间的架子上庄重地摆着一排皮脊的医学书,底下是几册莎士比亚，司各特和萨克雷中间插着《自然中的人类地位》和《物种起源》。检测桌抵着对面的墙，房间中间放着一张红木桌，一边装饰着药丸切割机、分类账本和一个研钵杵，另外有一把银质的秤，有些年头了，散发着黯淡的光芒。桌子上放着盏油灯，还燃着火苗。因为拉着窗帘，漆黑一片的办公室有种忏悔室的气氛，就如同这间看起来亘古不变的房间一样，无疑更容易谈论常常被证实的恐惧。

"没有其他办法了，"布恩牧师说，"私奔不可能，上校自己的妻子和女儿又无法说服他。年轻人什么都做了。八个月来，他承担一切重活。即便是这种天气，他还是在外面砍柴。他是胜利者，却提出要烧了自己的军装。"

"上校听起来和普罗斯彼罗[①]很像。"安德鲁斯医生说。

"普罗斯彼罗原谅了他的敌人，"布恩牧师回答，"是伊森自己提出要做苦力的，他也证明了自己配得上任何男人的女儿。"

安德鲁斯医生从抽屉里拿出一支石楠木烟斗和一个烟丝盒，这是他参与激烈讨论时的习惯。他装好烟丝，点燃烟斗，手扇一扇，熄灭了火柴。

"看来你的新烟斗到了。"

[①] 莎士比亚戏剧《暴风雨》中的人物。

"是啊,"安德鲁斯医生握着石楠木烟斗,"我只希望好办法也尽快漂洋过海。"

"你会帮我们吗?"

"你忘记我的誓言了,牧师。没有伤害。"

"你能治好的,诺亚,而且不单单是两个家庭,还有整个社区。"

"但要付出这样的代价,威廉姆,"安德鲁斯医生回答,"他们都是年轻人,两个人都美丽可爱。如果他们没法在一起,也都可以找到其他人结婚。时间或许会证明这是更明智的选择。"

"伊森已经下定决心,"布恩牧师说,"你不做的话,他也会自己用斧头。"

"你真的相信?"安德鲁斯医生问,"我以经验断言,一旦拿起斧头,这种脆弱的勇猛就没有了。我在波蒙格利医学院目睹过同事在切开尸体时昏厥。这间办公室里也发生过。你认为无畏的男人,看到几滴血就不行了。"

"他在战争中见过鲜血和伤口,肯定也见过截肢,"布恩牧师说,"如果其他人不做,他就会自己做。要不是我阻止了他,他昨天就用戴维森上校的斧子做了。至于利兰·戴维森,你知道他的。你觉得他会不遵守誓言吗,任何誓言?"

"我不觉得,"安德鲁斯医生回答,"但这样他就承认他错了。"

钟半点报时。安德鲁斯医生把烟斗放在斑驳的木头桌上。

"我得去看看莉亚·布莱克伯恩。她已经发了三天高烧了。"

"你还没有回答,"布恩牧师说,但是也没有停下来等他回答,"我们都老了,诺亚。不像上校和那个年轻人,我们没有经历战争的暴力和痛苦。可能是时候履行我们的职责了,即便我们希望是以其他方式。"

安德鲁斯医生站起来,布恩牧师也是。

"老了,威廉姆?是啊,我也觉得。"安德鲁斯医生沉默了,揉着后背。"我看着其他人衰老,却不知怎么的以为这不会发生在我身上。你是不是也这样想?"

"有时候。"布恩牧师回答。

"可能是因为我们都在他人身上找缺点,而不是在我们自己身上。"安德鲁斯医生说。

"我有理由在自己身上找到很多。"布恩牧师说。

"如果你是说战争时的中立立场,你想得太多,威廉姆。你已经做到最好了,我也是。"

"对教堂来说,还是对我自己来说?"

"谨慎是很必要的,"安德鲁斯医生说,"战争一开始我就没有表现过对联邦的同情。"

"但是你之前有过。我甚至都没有,"布恩牧师说,"或许如果我有，并且表现得很坚决，利兰·戴维森就不会加入邦联。"

安德鲁斯医生笑了。

"现在的情况应该能打消你这个无聊的念头。戴维森是一个只在乎他自己想法的男人。"

"但哪怕现在，我还是不理解他这样做的动机，"布恩牧师说，"他又没有要为之战斗的奴隶。"

安德鲁斯医生放下烟斗。

"可能我不该这么说，威廉姆，但是既然你提起人类动机的复杂性，或许参与这件事情对你而言的好处等于那对年轻情侣？"

"我承认，从某种意义上来说，是的，"布恩牧师说，"但是也很显然，并不是全部的意义。"

"你是否确定，如果我不帮他，他会砍断自己的手？"安德鲁斯医生问，"非常肯定？"

"是的。"

安德鲁斯医生张开手扶住自己的额头，像是要防止一些想法突围而出。

"你打算让我什么时候做？"

"今天，"布恩牧师回答，"伊森说他可以等一个星期，但是我担心他等不了那么久。"

"那么今天下午五点吧，"安德鲁斯医生说，"我最后一个要走访的病人是下午四点,我得叫艾玛·特里普利特来做助手。但是你得清楚,我还是想要制止这出闹剧。我要让伊森知道你的动机并不只是为他着想,并且我还得告诉他,今天看起来勇敢侠义的行为,会导致将来的某一天他不得不用一只手维系整个家庭。"

"不是,不是他的手,"布恩牧师说,"你误解了我的意思。"

第二天下午,空气冷得让呼吸都结成白雾,但是布恩牧师和伊森在晴朗的天空底下出发了。马车慢慢地穿过城市。冰锥从柱子和雨篷上挂下来,路上覆盖着积雪和泥浆。尽管很冷,客人和店主们都站在路边。侄子死在佐治亚监狱里的伊夫林·诺里斯很不情愿地摇摇头,但是其他人都脱帽向布恩牧师和伊森致意。很多人伸手做出祝福的样子。《圣经》和背包放在他俩之间马车的座位上,戒指深深地装在伊森的右侧口袋里。

他们驶出城区时,其他车轮留下的印迹消失了。等他们进入树林,只有松鼠和兔子的踪迹。他们穿过结冰的断枝。一只红雀低低地在橡木枝上拍动着翅膀。

"归根结底就是负疚感,是吗,还有某人的鲜血,"诺亚说着从柜子里拿出乙醚,"我是说,你的信仰。"

布恩牧师坐在手术桌上,脱去了衬衫,他注视着艾玛·特里普利特手里的不锈钢器具,她把它们煮沸,摆在白色的毛巾上。

然后这个女人离开了房间，只剩他俩。

"我觉得是，但是我得补充，希望也是一个因素。"

安德鲁斯医生露出痛苦的表情。

"我无法相信我竟然被你说服做出这种野蛮的事情，而且理由是几千年前写下的几叠莎草纸。我们或许还住在泥屋里磨石取火呢。赫胥黎和他的 X 俱乐部很快就要在英国终止这种荒唐的事情了，但是在这个国家，我们还是相信为人类的努力带来进步的是惯犯而不是革新者。"

"我觉得我国军队也相信如此，"当艾玛·特里普利特回到房间的时候，布恩牧师回答，"最后那场战争中的死亡数证明了一切。"

艾玛·特利普里特把方巾递给医生，医生示意布恩牧师躺下。

"你这个年纪的人有可能就醒不过来了，我让你说些遗言吧。"安德鲁斯医生一边把乙醚倒在布上一边说，"但是你如果真的死了，而你形而上的观点是对的，你最好快点彻底解决我们的争论。"

布恩牧师正要说起纽瓦尔太太的教条主义观点，方巾盖住了他的鼻子和嘴，世界晃了晃，漆黑一片。

树林变得稀疏，山谷呈现在他们面前。戴维森的农舍出现了，伊森摇着缰绳加快了马的步伐。布恩牧师的手腕阵阵抽痛，曾经手的位置此刻有隐约的痛感。他的大衣口袋里放着一瓶鸦片酊和一把勺子，但是他得等到回城前才能吃一剂。马车挤过小溪时，布恩牧师疼得喘起来。

"抱歉啊，牧师，"伊森说，"我应该让马走得慢些。"

"你等了那么久，"布恩牧师回答，"有点着急是可以理解的。"

一条猎犬跑出门廊，叫个不停，直到它认出伊森。马车停在农舍前，伊森把缰绳绕在刹车上，跳下车来。他帮着布恩牧师从马车座位上下来，小心翼翼地不碰到缠着绷带的手腕。前门打开了，海伦走出来站在门廊上。布恩牧师从座位上拿起《圣经》。

"带上包。"布恩牧师对伊森说，踏上门廊。

"发生了什么，牧师？"她问，接着她的脸色刷白。

伊森拿来包，布恩牧师用手肘和体侧夹住。

"站在我身后，"他对他们说，"可以进来的时候我会叫你们。"

布恩牧师走进客厅昏暗的灯光里，把《圣经》和包放在灯座上。戴维森太太过来帮他拿外套，他告诉她，她得帮他一把。她接过外套，并没有去挂起来。布恩牧师翻开《圣经》，找到他想找的那一页。他把《圣经》打开着，两根手指插入纸板和绳结之间。他用手指提起包，像是掂着分量。然后穿过房间，朝上校坐着的地方走去。

"我把你当成守信用的人，利兰，"布恩牧师说，把包放在温莎椅的旁边，"你愿意就打开看看吧。"

布恩牧师走到门边，叫伊森和海伦进来。他用一只手拿起《圣经》，站在两个年轻人中间。

"'马可福音'第十章，第九节，"布恩牧师说，"所以，神配合的，人不可分开。"

池塘边的女人

水有自己的考古方法，不是分层的，而是水平的，因此更忠实于我们对过往的感受，因为记忆就是此刻表面底下散落着的或近或远的东西。一支愿望尚未实现的绿色蜡烛，旁边是十二年后点燃的柯勒曼营灯。六年级教室里太阳下的粉笔尘埃，弥漫在大学图书馆高高的窗户旁，晶体管收音机里播放的一首歌，和匆促布置的婚礼接待处的同一首歌叠合。当詹姆斯·墨瑞的女儿打算抽干池塘时，我就在想这些。她号称害怕被起诉，她已故的父亲以为竖了块牌子就能免除责任：钓鱼和游泳后果自负。

她雇了华莱士·鲁迪塞尔，他的任务是打开管式水塔的阀门，保持畅通，直到曾经的溪流再次变成溪流。我和华莱士一起长大，和很多同班同学不同，他和我还住在拉铁摩尔。华莱士继承了我们镇上的五金商店，那是镇上仅存的几桩生意之一。

"我打赌你一定想要捞些高中时弄丢了的诱饵回来，"我问华莱士打算什么时候抽干池塘时，他这么说，"肯定有很多。有段时间你几乎每天晚上都去那儿。"

这是真的。我十七岁，住在一个只有三百人的镇上，整天都在打包杂货。那会儿没有网络，没有有线电视或者录像机，至少我们家没有。夏天的夜晚，我和父母一起听收音机、看电视，或者看看辅导老师给我的大学手册和助学金申请表格，但是我常常去池塘。四年级秋天，安吉和我开始约会。我们在黑夜里就找到了其他乐子。

华莱士和另一个朋友加入过我几次，但是我通常一个人钓鱼。在杂货店工作了一天，我不介意离开人群一会儿，而且暮光下的池塘很美。游泳的人和其他垂钓者都走了，留下啤酒和可乐瓶子，缠在一起的渔线，用来当椅子的灰渣砖块。夜幕降临以后，恋人们来到池塘，他们也会在岸边留下东西——避孕套和毯子，有一回一条内裤挂在了白橡树的树枝上。但是白天与黑夜缓慢交汇的那一个小时，池塘是属于我的。

这几年来，詹姆斯·墨瑞的平底船已经变成了公共财产。我懒得游出去取船，于是买了一根二十英尺长的蓝色尼龙绳拴住了它。我从白橡树上打开绳结，把钓鱼装置和柯勒曼营灯放在船头，划到池塘中央。我一直钓到夜幕降临之前，白天尚未过去，好像从未有风，池塘和岸边一样平静。一切都静止不动，仿佛世界轻轻吸了口气，屏住，就连时间也停摆了，既不向前，也不向后。青蛙和蟋蟀都等待着彻底的黑暗才发出鸣叫，间或有一阵微风，我再次听到水浪拍打堤岸的声音。那年夏天快要结束时的一个夜晚，一辆卡车隆隆地驶向池塘。

星期天下午两点，另一位换班经理进来以后我就下班了。我不再住在池塘附近，但是我母亲还在那儿，于是我驶出杂货店的停车场，右转，经过拉铁摩尔仅有的一盏交通灯。左手边是四间关门的店铺，后面磨坊的水塔像一朵静止的云，蓝色的油漆从水箱上剥落。我经过安吉工作的格伦咖啡馆，不久又经过那幢小小的隔板房，安吉和我们的女儿罗斯住在那儿。安吉的福特福睿斯不在，只有罗斯男友的卡车。我没有进去，这个周末不归我，至少我知道罗斯在吃药，因为是我带她去诊所的。

很快就只有农舍了，大多年久失修——倒下的谷仓和柴房，生锈的拖拉机上缠着野葛和凌霄花。我最后向右转了个弯，停在我母亲的房子前。她走出门廊，我从她脸上失望的表情知道她搞错了时间，以为能看到罗斯。我们说了一会儿话，她又回到里面。我沿着坡地往下走，跨过松垂的刺铁丝，穿过荆棘和扫帚草，这儿曾经是一片牧场。

卡车来到池塘的那个夜晚，下午的一场暴风雨加重了空气的湿度。晚上感觉更像是九月下旬，而不是八月中旬。划到筋疲力尽以后，我朝着遥远岸边的柳树掷竿，过去我在那儿钓到过鲈鱼。我用的诱饵是乐伯乐牌，我的最爱，既能在水面用，也能沉下去。我试了几次，一无所获，于是朝柳树划去，向小溪尽头的凹谷掷竿。一条小鲈鱼上钩了，我拉它上来，松开三爪钩时，它的红鳃扇个不停，使劲往水里钻。

过了一会儿，一辆卡车在泥路上颠簸着开到水边。灯光划过池塘，直到卡车猝然停在白橡树旁，熄灭了车灯。

从卡车打开的窗户里传出音乐声，穿过水面依然清晰，我听出了是哪首歌。驾驶室的灯亮起来，音乐停止了。过了一会儿，星星落满天空。一轮饱满的月亮爬上山脊时，一个男人和一个女人从卡车里走出来。我任由平底船朝着柳树漂移，担心任何动作都会暴露我的存在。男人和女人拔高嗓门，怒气冲冲，然后传来尖利的声音，仿佛来复枪响。女人倒了下去，男人回到车里。车灯亮了，卡车调头，轮胎使上力之前烂泥飞溅。接着卡车转上泥路，消失不见。

女人慢慢地从地上站起来。她挪到岸边，坐在渣砖上。当天空中出现更多的星星时，月亮从柳树后面爬出来，我等待着卡车回来，或者女人离开，尽管我也不知道她能去哪儿。平底船朝着柳树深处荡去，垂落的枝条拂过我的脸。我不想动，但是柳条缠住了船。灰色的木板撞到岸边时断裂了。我举起桨，尽可能轻声地推开。我这么做的时候,船摇晃起来,金属工具箱猛地砸向船沿。

"谁在那儿?"女人问,"我看见你了,我看见了。"

我点起灯,朝池塘中央划去。

"我在钓鱼。"我说,举起钓竿和卷轴给她看。女人没有回答。"你没事吧?"

"我的脸肿了,"她过了一会儿说,"但是牙齿没掉。肿会消退的。到了明天我看起来可要比他好得多。"

我把船桨放在膝盖上。那么安静,仿佛连池塘也在聆听。

"你是说那个打你的男人?"

"是啊,就是他。"

"他还会回来吗?"

"当然,他会回来的。那个混蛋需要我把车开去夏洛特。再来一次酒驾他就得骑自行车去上班了。他喝得再多也会记得。不管怎么说,他没走远。"

女人指了指泥路,那儿有一抹微弱的灯光像狐火一样晃动。

"他这会儿正在喝着剩下的威士忌,听电台里乡巴佬们抱怨生活有多艰难。喝完了他就会回来。"

平底船向岸边荡去时,女人站起来,我把船桨的木刃插进淤泥里,保持着和她之间的距离。现在营灯的灯光映在我俩身上。

她比我以为的要年轻，可能还不到三十岁。是个壮实的女人，屁股很宽，个子很高，至少有五尺八寸。她长长的金发显然是染的，左侧脸颊上有一道红色的伤痕，黄衬衫和黑裙子外面套着一件男式皮夹克，泥水溅在黄衬衫上。她举起手来，扇了扇嗡嗡的昆虫。

"这儿没那么多小虫和蚊子就好了，"她说，"这些该死的东西要把我生吃了。"

"除非我待在中间。"我回答。

我抬头看了看卡车。

"我觉得我要回去了。"

我举起船桨，心想如果男人过一会儿还不来找她，我就把船停在小溪的凹谷，穿过灌木丛回家去。

"我能上船吗？"女人问。

"我正打算再甩几次竿，"我回答，"我得回家了。"

"就待一会儿，"她朝我微微一笑，脸上和声音里的冷酷感变弱了，"我不会伤害你的，就一会儿。好让我摆脱那些虫子。"

"你会游泳吗？"

"会啊。"她说。

"那个打你的男人呢？"

"他要在那儿待一会儿呢，他威士忌喝得很慢。"

女人拍了拍裙子上的干泥，像是想让自己更像样些。

"就一会儿。"

"好吧。"我说着，划向岸边。

她爬上船头的时候，我稳住了船，营灯就在她的脚下。我划桨的时候，女人说着话，她没有转过头来，像是在和池塘交谈。

"我好不容易离开这个郡，那个狗娘养的又把我拖回来见他姐姐。她不在家，所以他去买了一瓶野凤凰，最后我们就变成了现在这样，他想要躺在岸边，就在身下铺一条鞍褥。我告诉他没门，他从卡车里拿了这件夹克。他告诉我，可以垫在脑袋底下，好像这样我就能改变主意了。王子病！"

她转过身来面对着我。

"没有什么比得上回家，是吗？"

"你是拉铁摩尔的？"我问。

"不是，但是同一个郡。我是朗代尔的。你知道在哪儿吗？"

"嗯。"

"不过卡车里那位老兄曾经住在拉铁摩尔，所以今天真是一场克里夫兰郡的聚会，我估计你也不是游客吧。"

"我住在这儿。"

"还在念高中？"

我点点头。

马上就四年级了。

"我们曾经在球场上大败你们,"她说,"那可是大事。"

我们划到池塘中间时,我放下船桨。钓竿在我旁边,但我没有拿起来。灯还亮着,不过也不需要了。月亮在水面洒下银色的光芒。

"你回到夏洛特以后会不会报警?"

"不会,他们什么都做不了。但是这个混蛋会付出代价的。他留在毯子上的东西可不止这件该死的夹克。"

女人从夹克里掏出一只钱包,打开,空空如也。

"他今天拿了工钱,所以他没花在威士忌上的钱都在我兜里了。明天醒来他还以为最倒霉的事情就是宿醉呢,很快就会发现远非如此。"

"如果他认定是你拿的呢?"

"那我就消失一段时间。在夏洛特那么大的镇里很容易。不管怎么说,他不久就会住回这里。"

"他告诉你的?"

女人笑笑。

"他不需要说。你没听说过女人的直觉吗?再说,他总是说起这儿。说了不少坏话,但是这儿对他有吸引力。是啊,他会搬回来的,可能在工厂工作,等他们把土撒在他棺材上的时候,他还在这儿。"

她停下来,看看我。

"你呢?高中以后就去工作?"

"我要去念大学。"

"大学,"她说,仔细地打量着我,"真没想到。看你这样子像是会一辈子待在这儿的。"

华莱士在对岸挥着手,沿着池塘走来。他的裤子和网球鞋上都沾着泥。他大部分时间在室内工作,因此七月的阳光把他的脸和露着的胳膊都晒红了。他指指阀门。

"这该死的玩意儿塞住了两次,但是就快好了。"

池塘像一只红泥碗,放着三分之一的水。曾经是浅滩的地方,现在露出了生锈的啤酒罐头、塑料诱饵盒,还有一顶棒球帽和一双夹脚拖鞋。更深的地方,沉了几年的圣诞树又冒了出来,黑色枝条上缠着红白相间的浮标、鱼钩、塑料蠕虫和鱼饵,还有一枚六英寸的乐伯乐诱饵,我冒险把它从湿滑的淤泥里拉了出来。鱼钩锈得厉害,有一只掉了下来。

"让我看看。"华莱士说着,查看着诱饵。

"我以前用过这样的,"我告诉他,"一样的尺寸和式样。"

"可能就是你的。"华莱士说,把诱饵递过来,像是确定了它的归属。"你还想要其他的吗?"

"不想,我连这个都不想要。"

"那我要了。"华莱士说着,从残枝上拿起一只黄色的三星手机。"我听说现在有人收购旧电器。可能还值几个钱,我这么做做加起来也有一百来块。最近我需要搞到每一分钱。"

我们在高大的白橡树下走动,坐在树阴里,看着池水慢慢变少。更多东西浮现出来——一根钓竿和卷轴,一个金属的诱饵桶,更多诱饵、鱼钩和浮标。水里出现了旋涡,鱼儿徒劳地想往它们世界的上层游去。一条大鲈鱼在阀门附近跳跃。

华莱士指指一只粗麻袋。

"太阳鱼会从下水管流出去,但是看起来我能搞到些大个子的烤来吃。"

我们注视着池水,很快水面上出现了一个固定的旋涡。又有一条鲈鱼跳出来,在下午的太阳底下闪烁着绿色和银色的光芒。

"安吉说罗斯打算去搞笔贷款,这样明年就能去你的母校了。"华莱士说。

"毕业了才称得上是母校。"我回答。

华莱士捡起一根树枝,从鞋上刮了些泥下来。他想说点什么,有些犹豫,但还是说了。

"我一直很赞赏你负责的行为。我是说回到这儿,"华莱士摇摇头,"我们现在生活在不同的时代了。天哪,现在有些女人根本不知道也不在乎她们孩子的父亲是谁,更不指望他娶她。男人就更糟了。他们表现得好像跟他们没什么关系,甚至不想成为自己孩子生命的一部分。"

见我没有回答,华莱士看了看表。

"比我估计的时间要长。我得去一次咖啡店,我还没有吃午饭。要不要帮你带些什么?"

"可乐吧。"我说。

华莱士开车走了,我想起当我把平底船划向岸边时,女人的右手拂过池水。

"很暖和,"她说,"比空气暖和。我打赌如果你跳下去,沉到里面,一定像是盖着条暖和的毯子。"

"水底很冷。"我回答。

"如果你下到那么深,"她说,"无论怎么样也都无所谓了。"

我们下船以后,女人问这是谁的船。我告诉她我不知道,开始把绳子系在白橡树上。

"不要系了,"她说,"我可能还会划出去。"

"我不觉得你应该这么做,"我告诉她,"船可能会翻掉,或者发生其他什么事情。"

"我不会翻船的。"女人说,从裙子口袋里掏出十块钱。

"这是谢谢你带我出去。还有这个，"她说着，脱下了夹克，"这件夹克还不错，而且他也不想要了。你穿着正好。"

"还是不要了，"我拿起钓鱼装备和营灯，看着她。"等他回来，你不担心他做什么出格的事情吗？我的意思是说，我可以报警。"

她摇摇头。

"不要。听我的，他需要司机，所以他不会怎么样。你回家吧。"

我照做了，回家以后，没有报警，也没有告诉父母。那天晚上我睡不着，但是第二天上班的时候，随着时间流逝，我说服自己，如果真的发生了什么可怕的事情，这会儿，拉铁摩尔的每个人都已经知道了。

那天晚上下班后，我最后一次来到池塘。尼龙绳子不见了，但是船桨放在前面的座位底下。我爬上船，举起桨，在下面找到一张十块钱。我划到池塘中央，系上乐伯乐，向池塘远远的岸边掷了出去。

随着夜幕降临，早先看起来还很清晰的东西变得模糊。有一次我把诱饵掷到了灌木丛里，我赶紧转动线轴，希望不要弄坏了乐伯乐，却导致诱饵掉得更深。钓竿已经弯了，我僵在那儿。换作其他时候，我都会划向障碍物，靠在船舷旁边，顺着钓线摸进水里，找到诱饵，松开鱼钩。但是那天我拉紧绳子，又狠狠一拽。诱饵还是一动不动。

我在那儿坐了一会儿，有什么东西卡在芦苇秆里，可能是鲈鱼或者麝鼠。池水静止不动。月光亮了，像是要照透黑漆漆的池水。我拿出小刀，割断线，然后划向岸边，泊好了船。那天晚上我梦见自己的手顺着线一直往下摸索，只到头发缠住了手指。

华莱士的卡车开回了泥路。他递给我可乐，打开一只白色袋子，里面装着他的饮料和汉堡。我们坐在树下。

"现在水排得很快。"他说。

因为排水而无法呼吸的鱼越来越多，水面上都是鱼鳍。一条五磅重的鲶鱼蹦上岸边，像是指望有什么突然的进化。华莱士飞快地吃完汉堡，拿起粗麻袋，走进池塘的残余里。他用一根手指勾住鲶鱼的鳃，把它扔进麻袋。

不出半个小时，浅浅的池水里满是鲈鱼和鲶鱼。越来越多的鱼搁浅，华莱士像收掉落的水果一样捞鱼，他攥在手里的粗麻袋冲撞着、扭动着。

"你今晚过来，"他对我说，"还会有更多。"

夜晚到来时，出现了更多礁石，诱饵变少了。有一个威士忌瓶子，还有一只鱼饵桶，一些罐头，它们或许是翻滚着漂到了深深的池塘中央。接着我看见了那块渣砖，有什么东西搭在上面，像一只萎缩的胳膊。华莱士继续捞鱼，包括一条大鲶鱼，将近十磅，它的胡须和夜潜者的一样长。我踩进倾斜的红色淤泥，走得很慢，不至于滑倒。在距离那块渣砖只有一根钓竿长度的地方，我停下脚步。

"你看见什么了？"华莱士问。

我等着池水回答我，没过多久，就有了答案。不是一条胳膊，是皮夹克的袖子，用磨破了的蓝色尼龙绳绑在砖头上。我踩进水里，把夹克从砖头上松开，我这么做的时候，想起放在船上的十块钱，她想当然以为我会找到。

我摸到夹克的右口袋里有东西，翻出来一只浸坏了的钱包。里面有两张沾满淤泥的塑料片，一张是驾照，还有一张辨别不清，没有钱。

我站在池塘中央，把钱包残骸扔进下水管道。放下夹克往回走时，华莱士正好捞起最后一条被池水抛弃的鱼。然后他系紧麻袋，扛了扛。他这么做的时候，二头肌和前臂的血管都鼓了起来。

"这些起码值五十磅，"他放下麻袋，"我再清洁一次下水管，然后就回家把这些鱼煮了。"

华莱士斜靠在下水口上，搬走泥块和木头。剩下的水顺着管道汩汩往下流。

"我讨厌看着这个池塘消失,"他说,"估计年纪越大,就越不想看到变化。"

华莱士抬起一麻袋鱼,扛在肩上。我们在日落前走出池塘。

"你晚点还过来吗?"他问。

"今晚不来。"

"那下次吧,"华莱士说,"要不要搭车去你妈妈家?"

"不用,"我回答,"我走路。"

华莱士开车离开以后,我坐在岸边。阴影笼罩着曾经的池水,看起来像是池塘又被填满了。过了一会儿,我站起来。等我跨过刺铁丝网,回头看了看,再也分不清什么是过去,什么是现在。

夜鹰电台

金妮坐在电台的办公室里,知道她没法找到更好的地方从头来过。从午夜到凌晨六点,她的主要任务就是把唱片放进米色的唱机里。每隔十五分钟她会回复请求,念艺术家和歌曲的名字,随便说点什么证明音乐不是录播的。

"调查表明,零点到六点期间百分之九十的听众是独自一个人。他们知道自己不是唯一醒着的人会感觉安慰。当然,这也是这份工作的艰巨之处。"电台经理巴瑞在面试的时候告诫她,"你要顶替的那个人号称,在这儿整晚独自一个人,让他感觉自己像是核爆以后的唯一幸存者。他是过去十八个月里我雇的第三个人。比起夜晚工作来说,孤独更难以忍受。"

面试的大部分时间里,巴瑞都略略往金妮的左上方看,但是现在他们的视线交会。

"你从学校来,已经习惯满满一教室的孩子了吧。"

"我有过很多孤独的经历。"金妮说,转过脸去,好让他更清楚地看到伤疤。

面试结束开车回家时,金妮经过她曾经工作过的中学。她放慢速度,看见安德鲁的吉普车在停车场,后座堆满了招贴板、画和刷子。安德鲁是郡中学的美术老师,有一段时间,也是金妮的男朋友。住院的时候,她曾经想过如果出事的那天下午安德鲁在她学校的话,结果或许会不一样。但是她不再相信这个。她看了看仪表盘上的钟,然后抬头望了望二楼她曾经的教室。六年级的学生现在该吃完午饭回来了,坐在他们的书桌前。他们有点困,很难调动情绪,早晨课间休息时的肾上腺素冲动早就没有了。这曾经是她一天中最缓慢的时候。

金妮比其他大部分同事更负责。其他人很少看作业,她却在空白处写下详细的注释,在纸上画颜色明亮的星星和笑脸。她每周给家长发邮件告知每个孩子的进步。每个月她都花一个星期六的早晨,在黑板上布置新主题。

她也有缺点。校长詹金斯博士在做评估时指出,有些同事觉得她"冷淡"。纪律也是一个问题。两个学生窃窃私语或者在课间发生争执——每次遇见这种情况金妮就全身绷紧。通常金妮可以平息恶行,但是有几次詹金斯博士不得不过来恢复秩序。然而最困扰金妮的,是她和学生之间的感情距离。她察觉不到他们最显而易见的需求,即便是脖子上布满紫色胎记的男生。她仿佛无法找到安慰的词语，也不知道何时给予鼓励的拥抱。她常常感觉自己像是把手按在玻璃上的犯人，无法感知到仅一寸之隔的另一只手掌的温度。

星期一早晨她带学生去美术教室，这样的情感距离对安德鲁来说并不存在。他在桌子和画架间游走，情感的交流非常明显，有时候他给出些建议，但是他总能找到表扬的点。很自然，很本能。当他向学生展示名画的复制品时，他的评价让每幅作品看起来都像是专门为学生而做。

巴瑞第二天早晨打电话给她，告诉她被录用了。

"什么时候开始上班？"她问。

"现在我自己值班，所以要我说就是越快越好。如果你可以的话，今晚就能开始。"

"几点到那儿？"

"十一点。这样有一个小时的时间过一遍为数不多的音效，你还有机会能看一看唱片库，熟悉一下我们的操作台。"

"我需要做什么准备吗？"

"最好的准备就是足够多的咖啡因。还有，你需要一个艺名。会有变态收听节目，特别是深夜。大部分无害，但也不是全部。你透露的个人信息越少越好。"

"还有什么?"金妮问。

"你来的时候门是锁着的。敲得响点我才听得见。"

金妮找到一本笔记本和一支笔。她写了十个可以用的名字,然后想起安德鲁向她学生展示的爱德华·霍珀的画。

晚上去电台的路上,路过中学时,金妮再次放慢速度。她看到那里没有举行募捐或者家长会,便停了车,这是她出事以后,第一次踏进学校。几乎是一轮满月,惨淡的月光把那棵橡树曾经的位置照得清晰可见。她拉紧夹克拉链,但是站在教学楼最古老的北翼,她还是簌簌发抖。

那天她听到风暴临近,雷声隆隆,如同大炮找到了目标。窗户在教室后面,所以她看到橡树枝开始摇晃。一星期前的一个晚上,树枝曾经打破了一块窗玻璃。这些树枝很快就会被砍掉,但是在此之前,风暴来临时,金妮应该拉上塑料涂层的厚窗帘。但是她等待着。最脆弱的学生大卫站在她的桌子旁边,提交了一份有关玻利维亚的文章。他用极其缓慢的语速朗读,几页练习簿纸在手里不断颤抖。当他把同一句话读了两遍时,有学生窃笑起来。其他学生感觉非常无聊,不再搭理他。一个纸团飞过走廊。

打断他去拉窗帘只会延续这份即将结束的折磨。但是她不仅仅担心大卫。如果她现在打断他,走到教室后面,可能整个班级就彻底乱了套。雨点开始敲打玻璃。一根橡树枝拍打着窗户,引起她的注意。大卫再次忘记读到哪里时,有一个学生大声打起哈欠。橡树枝又拍打了窗户,这回更坚决。

"抱歉,大卫,"金妮从桌边站起来,"我不得不打断你,我要去拉窗帘。"

坐在最靠近窗户那排座位的爱米·坎贝尔也站了起来。

"我来拉,阿特维尔小姐。"她说着,朝窗户走去。

"不要,那是我的工作。"金妮正说着,一根树枝打碎了玻璃。

玻璃碎片向爱米飞溅过来时,她没有摔倒,甚至没有挪动。她没有发出声音。爱米像是睡着了,其他孩子的尖叫惊醒了她。她慢慢转向金妮。一片玻璃碎片扎在她右眼下方一英寸处,像个箭头。

爱米伸手把碎片从脸上拔出来。那会儿还没有出血。金妮朝她走过去,爱米交出玻璃碎片,就像是交出口香糖或者其他什么中学里的违禁品。金妮接过玻璃,另一只手拿手帕按住伤口。

隔壁的老师跑进教室,后面跟着詹金斯博士,他看了一眼被血浸透的手帕,叫另外一个老师拨打911。他和金妮把爱米放在地板上。这孩子的眼睛还睁着,但是无法聚焦。

"她吓坏了。"詹金斯博士说。

他用夹克盖住爱米,然后掀起手帕最后一个干的角落,小心翼翼地查看伤口。

"窗帘怎么没有拉上?"詹金斯博士问。

金妮什么都没说,詹金斯博士的注意力收回到爱米身上。另一个老师把学生转移出教室,关上门。有那么一会儿,金妮只听到瀑布般的雨声中救护车的哀鸣。

詹金斯博士之后会发现金妮也吓坏了,因为只有这能解释她后来的所作所为。金妮跪在爱米旁边,摊开握着玻璃碎片的手。

"当心点,会割到你。"詹金斯博士警告她。

但是他还没有说出口,金妮就已经举起玻璃,将锋利的边缘刺向自己的颧骨。然后她慢慢地把碎片从面颊划到嘴,像男人剃须一样从容不迫。

安德鲁赶到医院的时候,金妮已经吃了药,即便如此,她还是能看到他注视着她是多么痛苦。

"你会没事的。"安德鲁说,握住她的手。"詹金斯博士批准你今年剩下的时间都请病假。等我放假了,我们就出去待一会儿,去欧洲好吗。你想去哪儿就去哪儿,金妮。"

见她没有回答,安德鲁捏紧她的手。

"休息吧,"他说,"我们之后再谈这件事情。我们拥有未来。"

但是那天晚上她躺在病床上,想起的不是未来,而是过去。六年级的时候,金妮不再在课堂上举手,并且在照相时也紧闭双唇。她的恒牙长歪了，引来不少绰号和嘲笑。之前的朋友不再叫她和他们一起吃午饭。金妮的父亲被工厂解雇，负担不起牙箍。一天深夜，父亲把她叫醒，呼吸里都是酒味，他告诉金妮说这个世界真是屎，一个男人竟然没法保护自己的女儿不以微笑为耻。

只有她的老师让她的日子好过些，特别是她八年级的英语老师艾莉森女士。是她说服金妮在中学一周两次的电台节目做主持人。一旦躲在校长的麦克风背后，别人看不到她，金妮便能够不咕哝着说话，也不会遮着嘴。艾莉森女士表扬金妮从来不结巴，也不仓促。她说金妮天生就是干这行的。

那年春天，艾莉森太太说服一位牙齿矫正医生免费为金妮做矫正。到了九年级末，她已经没有理由不面对这个世界，但是某些习惯却根深蒂固。整个高中，甚至大学，金妮说话的时候，手总是忍不住伸向上嘴唇。

而独处的习惯更难改变，因为孤独带来慰藉。大部分周末，她待在房间里，看书或者听音乐，填写奖学金或者助学金的申请表格。当北卡罗来纳大学教堂山分校为金妮提供全额奖学金的时候，没有一个老师表示意外。然而有一些人质疑她打算专攻小学教育的决定。金妮躺在医院床上的时候，觉得他们是对的。

第二天早晨詹金斯博士来探访时，她告诉他，她秋天不会回去。詹金斯博士仿佛松了口气。他祝福金妮不管将来选择哪条道路都能过得更好。结束和安德鲁的关系更艰难。她告诉他，我想一个人。他回答说她不能让一场事故改变他们之间共同拥有的东西。他谈到爱和奉献，让她搬来和他同居，谈到结婚。当他哀求说至少让他偶尔来看看她，她说不要。不管怎么说，他努力了几个月，晚上打电话给她，直到她更改了手机号码。

"这里是夜鹰电台。"金妮那天深夜说，控制台的钟正好敲过凌晨的第一秒。"我会陪伴你们直到六点。如果你有什么想听的歌，我会尽量放给你听。拨打344-WMEK。就从这首歌开始度过接下来的夜晚吧。"

金妮按了播放键，《午夜之后》的第一个音符灌满了控制室。

"挑得好。"巴瑞说。

接下来的几个小时都很顺利。巴瑞帮她插入广告和国家新闻。他接听偶尔的来电请求。当她对着麦克风讲话时，除了答复一个要求，或者念出即将播放的歌曲的演唱者和歌名，她几乎不说什么。

"我要回家睡上几个小时了，"巴瑞在三点新闻以后说，"汤姆·弗里曼大概五点半过来。他有钥匙。"

巴瑞指了指贴在控制室窗户上的一张卡片。

"这是我家的电话号码。我家离这儿只有五分钟。如果你有什么问题就打我电话。但是我不觉得你会需要我。你干得很好,能放松地多说点话就更好了。"

金妮不是那么肯定,但是过了几个晚上她确实开始说更多的话,尽管很少和音乐相关。她带来地图集和杂志,从讲西方艺术的又大又重的精装书,到破烂的平装年鉴。金妮一个小时给听众出两次题,答对的人就奖励 WMEK 的 T 恤和棒球帽。每天晚上她都从《百科精编》里挑选一个词语解释。她还朗读一本叫《历史上的今天》的书。

有些听众在工作时间给电台打电话抱怨这种新形式,希望可以少讲话,多放音乐。有些男听众希望金妮在问答里出些体育问题。但是在巴瑞看来,这些电话和邮件,每五份里面就有一份表扬她,包括一些移民,他们赞扬金妮教他们美国历史。两个月以后,收听率出来了。WMEK 十二点到六点档节目的市场占有率上升了两个百分点。

"只要你有这样的结果,我才不在乎你是不是在直播时读完整本威廉·莎士比亚。"巴瑞告诉她。

二月上旬的一个星期四,安德鲁打来热线。那天下了十二英寸的雪,巴瑞有一辆卡车,不得不送她去上班。她播报了放假的消息，从学校、日托中心到当地工厂的轮班，然后她要送出一顶免费棒球帽，给能说出起始句为"我知道林子的主人是谁"的诗歌的名字的听众。

之前有两个错误答案，直到安德鲁的声音说："雪夜林边小驻。"

"你赢得了一顶 WMEK 的棒球帽，"金妮说，"你可以在工作时间来电台领取奖品。"

两个人都沉默了一会儿。金妮把控制台的音量关了，听到她正在放着的诺拉·琼斯的歌。她不知道这是安德鲁厨房里的收音机，还是他画画的后室里的那台。

"我知道你受过点播培训，但是我不知道你在做这个，"安德鲁说，"你做这个工作多久了？"

"差不多三个月。"

"我正巧打开收音机想听一下学校放假的消息。"

"嗯，真是你的幸运夜，"金妮说，"你赢了棒球帽，而且明天不上课。"

"幸运的是再次听到你的声音，"安德鲁说，"直到刚才我才意识到我多么想念你的声音。十个月也没有改变。你不觉得是时候让我回到你生活中来了吗？"

"我得挂了，"金妮说，"还有很多放假消息要读。"

金妮挂上电话。她这才意识到,她举着左手,食指触碰着上嘴唇。

四个小时以后,她听到敲门声。金妮插了一首歌,离开控制室。她以为是巴瑞,但是她走进前厅时看到安德鲁的脸正往玻璃里张望。她没有放下门栓。

"我是来领奖品的。"他呼出白色的水汽。

"八点半之前电台不对外接待。"金妮说。

"你在这儿。"

"我在做节目。我得回去了。"

"外面很冷,金妮,让我进去。"

她打开门,他跟着她来到控制室。

"你坐在那儿吧。"她指了指角落里的一张塑料椅子。

接下来的一个小时,安德鲁看着她,听她播报放假消息,又送出一顶棒球帽,放了几首听众的点歌。汤姆·弗里曼五点四十分来的,过了一会儿巴瑞也来了。

"这里是夜鹰电台,"金妮五点五十五分时说,"现在把空中航线留给太阳下的鸟儿吧。这首老鹰乐队的歌送给日间飞行的人。"

她调高音量,《已成往事》的前奏充满了房间。

"好了,"她对安德鲁说,"现在可以来拿你的棒球帽了。"

安德鲁跟她走过走廊,来到电台的接待室。金妮打开一只装满帽子和T恤的柜子。

"拿着,"她说,递给他一顶帽子,"现在你拿到你想要的了。"

"我不这么想,"安德鲁说,戴上帽子,"但是帽子不错,"他轻轻压了压帽檐,"看起来怎么样?"

"非常合适。"金妮说。

"我们应该一起吃个早饭。"安德鲁说。

"巴瑞会送我回家。"

"吃完我可以送你。"

"我不喜欢周围有很多陌生人,"金妮说,"我讨厌被人盯着看。"

"我们去人少的地方,"安德鲁回答,"今天应该不难。大家都在家吃白面包和牛奶。"

她犹豫的时候,安德鲁把手放在她的小臂上。

"来吧,"安德鲁说,"不过是吃顿早饭。"

"我去告诉巴瑞我和你一起走。"金妮说。

他们很快就坐在安德鲁的吉普车里穿过了市中心。吉普开过的道路几乎没有什么轮胎的痕迹。

"这个地方应该很符合你的要求。"安德鲁说着,开进蓝山餐厅的停车场。

雪已经停了,但是灰色的云层遮蔽了黎明。停车场的灯还亮着,在积雪上投射出黄油般的光晕。餐厅里面,招待和厨师站在柜台后面,一对中年夫妇正对着他们坐在塑料旋转椅上。他们谈论着天气,声音轻柔,也像是被雪盖住了一样。

"我们坐卡座吧。"金妮说。

招待从柜台边转过身来。

"你俩都要咖啡?"

安德鲁看了金妮一眼,她摇了摇头。

"我要一杯。"他说。

安德鲁指指柜台,招待一边倒咖啡,一边继续和厨师以及那对夫妇说话。

"像不像你艺名的场景?"

"不,不太像,"金妮说,"太多交流。"

安德鲁把目光收回到她身上。

"在画里面,男人和女人是一对夫妇。"

"我不觉得,"金妮说,"他们甚至没有看着对方。"

招待给安德鲁端来咖啡,但是没有拿菜单。她凑近看到金妮的脸时,嘴唇噘成O形,然后迅速地转向了安德鲁。

"食物没有太多选择,"招待说,"送货的人今天迟到了,所以只有华夫饼,或者果冻和吐司。"

"华夫饼不错。"安德鲁说。

金妮点点头。

"我也要一样的。"

安德鲁把奶油搅进咖啡。他拿着杯子,却没有放到嘴边。他朝咖啡表面吹了吹,然后抬起眼睛。

"画里的那对夫妇,你理解错了。"

"什么意思?"金妮问。

"他们心有灵犀,那个男人和那个女人。他们的脸上没什么,但是胳膊和手却表现出来了。"

"我不记得了。"金妮说。

"我拿给你看。"安德鲁说。

他没有穿外套就跑了出去。金妮透过窗户看着他跑进停车场,在吉普车的后座翻找。招待端来他们的华夫饼。

安德鲁回来的时候拿着一本灰色硬封面的画册,宽度和厚度都和一本家庭版《圣经》差不多。他把盘子和杯子推到一边,在桌子上打开书。

"这儿,"他说着找到了画,"看她左边的胳膊和手。"

金妮探过身去看画。

"我还是不确定。视角的关系,模棱两可,就像蒙娜丽莎的微笑一样。"

"你大概就是不想承认你错了,"安德鲁回答,顿了顿,"你对很多事情的想法或许都是错的,比如说没法再教书了,比如说你和我……"

安德鲁伸出手去,把手掌放在金妮脸颊的伤疤上。她像被扇了一巴掌似的扭过头去。

"好吧,"他慢慢收回他的手,"今晚我犯了一个错误,以后不会了。"

他们安静地吃完了华夫饼,喝完了咖啡,始终没有再说话,直到安德鲁在她公寓前减速。

"不要开到车道上,"金妮说,"你可能会被卡住。"

安德鲁在路边停车,没有关闭引擎。

金妮下车,蹒跚着穿过院子,黑色的步行鞋每走一步都淹没在积雪里。她打开前门的时候没有回头看。回到房间里,她脱下鞋子和袜子,掸走裤子上的雪。她望了望窗外。只有一对穿过院子的脚印。吉普车开走了。

金妮一直睡到天空呈现出开阔明亮的蓝色。到了中午,气温升到了四十华氏度。三点闹钟响起的时候,她又在床上躺了一会儿,听着汽车驶过融化的雪。她不需要搭车去上班了。她能自己开车穿过市区。经过曾经工作的中学时,她透过安全玻璃向外望,接着是她缝合脸颊的医院,然后是她和安德鲁吃早饭的餐馆。

  到电台打开门,很快布迪·哈珀就做完节目离开了。她会开口说,这儿是夜鹰电台,然后播放《午夜之后》。金妮会和各种人交谈,卧室里的人,映照在超市白炽灯下的店员,上完夜班开车回家的工厂工人。她和醉酒的人交谈,和清醒的人交谈,和有信仰的人交谈,和无信仰的人交谈。这期间,她头顶电台的红色信号灯一直在闪烁,像心脏一样,给独自在黑暗里漂浮的人指明方向。

凌晨三点，星星不见了

卡森早早上床了，因此当手机响起来的时候，他觉得可能是儿子或者女儿打来问候的，但是他转向床头柜，发现闹钟的绿色荧光显示着凌晨 2:18，太晚了，肯定不是打来聊天的，也不会是什么好消息。他接起电话，听到达内尔·寇的声音。达内尔对他说，我家的牛犊子不肯从肚子里出来。

卡森从床垫上坐起来，光脚踩着地板。过了一会儿他才意识到，他在等待着有其他人来做相同的事情：起床，递给他一杯装在膳魔师里的咖啡。快四个月了，还是这样，不单单是在他醒来的时候，其他时候也是如此。他正在读新闻，然后就放下报纸，差点要对空椅子说起话来，或者在杂货店里，伸手从衬衫口袋里掏一张并不存在的打印得整整齐齐的购物单。

他穿戴好，出门向卡车走去。所有需要的东西都放在皮卡的锁箱里了，要不就在达内尔的枪架上。开到城区边缘，他在多宾斯工具商店门口停了停，这是唯一一间还开着的店。柜台上一台收音机里放着的音乐像日光灯一样刺激。卡森在最大号的塑料纸杯里装满咖啡，把钱付给了洛伊德·多宾斯的孙子。通往旗塘的二十英里路都是之字形和弯道，最后有短短一段田纳西公路。收音机里说中午前不会下雨，这样他至少不用对付湿滑的路面。

卡森两年前就把办公室关了，客户都转去了鲍比·斯塔恩斯那里，那是一个刚刚从兽医学校毕业的新医生。鲍比在麦迪逊郡长大，这很有用，但是那些卡森从小就认识的老农民还是一直打电话给他。多莉斯宣称这是因为他们知道你不会指望他们当面付钱，甚至根本不指望他们付，某些人真是这样，但是其他人，比如达内尔·寇，就不是这种人。达内尔说，我们已经同舟共济那么久，剩下的路也要一起走，卡森想起一九五〇年代，在世界的那一头，他们曾经发誓要这么做。

城里的最后一盏街灯从后视镜里熄灭了，卡森关上收音机。他半夜行医时常常这么做，把开车当成好事，因为通常在谷仓或者牧场等待着他的都不会好，一头快要死于产褥热的奶牛，或者一匹腿生了坏疽的马——要不是因为主人把兽医的钱都用在刺铁丝或者盐渍地上，这些本来都容易治疗。卡森曾经多次当面告诉他们，等那么长时间再找医生太愚蠢了。但是即便是一个聪明的农民，穷困的时间长了，也会做蠢事。他会觉得干旱让玉米秆都枯萎了，或者冰雹毁了烟草地，是因为他差点好运气，因此他克扣补钙针，或者往被感染的四肢倒松节油。拖到拖不下去了才打电话给卡森，那时候来复枪是唯一的解决办法了。

所以开车必须是好事，确实是。卡森总是享受独处。还是个孩子的时候，他喜欢在树林里游荡，享受树林的静谧。如果走得足够深，甚至连风声都听不见。但是最棒的还是下午的谷仓。他会爬上阁楼，靠着干草垛，看着阳光斜斜地透过阁楼的窗户，照亮散落的稻草。光线最好的时候，阁楼发着光，像是镀上金箔。尘埃像飞虫一样点缀在空中。唯一的声响是楼下传来的，马厩里不安分的牛犊，从饲料袋里吃东西的马。卡森总在那些时刻感觉到孤独，但从不伤感。

这些年来，当他深夜开车出城时，也有同样的感觉。他出门的时候，多莉斯回到床上，孩子们还睡着。夜色笼罩着他，卡车仅有的两束光照亮前方的道路。他经过黑漆漆的农舍和谷仓，一路朝着电灯或门廊的光线驶去。回程会好一些。他品味着孤独，知道等会儿打开孩子们的房门，可以趁他们睡着时看他们一会儿，然后他自己躺下，多莉斯转过身来，或者换个睡姿，这样他们身体的一部分就触碰在了一起。

道路分了叉，卡森往右边开，经过荒废已久的加油站。手机放在副驾驶座位上。有时候会有农民打来电话，让卡森也顺道去一趟，但是这儿离城里很远，手机没有信号。道路蜿蜒向上，两旁几乎什么都没有，只有悬崖、树木，一个临时的白色十字架，一束凋谢的花朵。卡森知道，多半是年轻男孩，年轻到都没想过死亡。打仗的时候也是这样，直到看到很多和你一样大的男孩被装进尸袋。

达内尔参加海军三个月以后，卡森也入伍了。他们一直没有遇见，直到长津湖战役中第十七步兵师辅助第一海军陆战队，他们在红十字队排队喝汤的地方相遇。那是一个傍晚，温度已经降到了零下[①]。中国部队正在跨越朝鲜边界，有人号称他们有百万人，再多的伤亡也无法阻挡他们。达内尔说，让我们对上帝还有中国人发誓，如果他们让我们活着回到北卡罗来纳，那我们就待在那儿，一起变老。他伸出手来，卡森握住了它。

转过最后一个弯道，上面标着"寇"的破邮箱出现在面前。卡森拐出沥青路，开上车道，车轮嘎吱嘎吱地压过黑燧石。门廊的灯亮着，谷仓口透出微弱的灯光。卡森把车停在没有关拢的牧场门边，从车厢里拿出医药包和帆布工具包。他用肩膀顶开门，又关上。离开城市那么远，星星更亮了，天空也更宽阔、深邃。如同其他相似的夜晚，卡森停下来，欣赏了一会儿。真是小小的慰藉。

[①] 此处为华氏温度，约合零下十八摄氏度。

灯就挂在谷仓口，映着淡淡一圈光，帮卡森往前走。他小心地拖着步子，不想被旧的挤奶轨道绊倒。到他这个年纪，很多人摔了一跤就一命呜呼。他花了一会儿才习惯了谷仓里面没有星光的黑暗。靠近后马厩的地方，一头奶牛躺在稻草地板上。达内尔跪在它身边，一只手抚摸着它的侧腹。旁边放着一只不锈钢水桶，已经盛满了水，边上是破布和旧床单。达内尔的猎枪靠在马厩门上，不是他的来复枪。

"多久了？"卡森问。

"三个小时。"

卡森放下袋子，查看了一下奶牛的牙龈，在套上长手套前，把听诊器的银色听筒放在奶牛的侧腹。

"我估计是臀位难产了。"达内尔说。

卡森在手套上涂了润滑剂，然后把手和小臂伸进去，摸到一根弯曲的腿，然后是肩膀、另一条腿，最后是头。他把手指滑进牛犊的嘴里，感觉到一阵吮吸。生命顽强地坚持着。或许他不需要把牛犊一块块地从里面取出来。至少得试试。

"不是完全臀位。"达内尔说着，卡森脱下手套。

"恐怕不是。"

卡森在谷仓地板上摊开防水布，把需要的东西摆了出来，而达内尔拿来灯，放在卡森旁边。在黯淡的灯光下，世界缩成一圈稻草，里面有两个老男人，一头奶牛，以及一只看不见的牛犊。卡森飞快地擦拭了一下，扎进针头，等待利多卡因缓解宫缩。达内尔依然抚摸着奶牛的侧腹。还是一个年轻兽医时，卡森就迅速了解到，有些男人和女人，要不然就是一些好人，他们会让瘸脚的牛犊挣扎好几天，不愿终结它的痛苦。他们也这样对待一头得了坏疽的羊。但是达内尔绝不会如此。有些人以为那是因为他在朝鲜见证了太多痛苦，不希望这些发生在人类或者动物身上，但是卡森知道这是出于达内尔固有的正直。

"猎枪是干吗用的？"

"草原狼。最近没有听到它们的动静了，但是这玩意儿能干倒它们，"达内尔指了指小牛犊，"我估计你用得上。"

"尽量不用。"

奶牛的腹部渐渐松弛，圆圆的眼睛平静了。阁楼里的某处有一只燕子在扑腾。然后谷仓安静下来，灯光变得柔和。牛犊在黑暗深处等待着卡森为它接生，要么完整地活着，要么破碎地死去。卡森的手突然感觉很沉重，仿佛戴着镣铐。他低头注视着双手，老年斑，僵硬的蓝色静脉，关节炎导致的关节肿胀。他想起另一只难产的牛犊，情况还没这只糟。那会儿他刚刚从业几个月，撕裂了奶牛的子宫壁，杀死了奶牛和牛犊。多莉斯正怀着他们的第一个孩子，当她问起卡森奶牛和牛犊的情况时，卡森撒了谎。

达内尔碰碰他的肩膀。

"你没事吧。"

"没事。"

卡森在手上涂了润滑剂,这回不用手套,伸了进去,尽量把牛犊往后面推,腾出空间。汗水从他额头滴落,他闭上眼睛更好地想象牛犊的身体。他找到了口鼻部,往前拉拉,又往后拉,往这边推推,又往另一边推推。卡森的心脏在气喘吁吁的胸腔里敲得像把飞快的锤子,脖子和肩膀上的肌肉燃烧着。他停了一会儿,喘了口气,手臂还在里面。

"你觉得怎么样?"达内尔问。

"说不准。"卡森回答。

半小时以后卡森才把头的位置放正。达内尔递给他一块湿手帕,他擦了擦脸上和脖子上的汗。然后他又休息了一会儿,指指那块油布。

"好了,我们把腿弄出来。"

达内尔用 OB 链勾住把手,另外一头交给卡森,卡森把链条绕在前腿上。达内尔抓着把手,靴跟牢牢踩住谷仓的地板。

"好了。"卡森说,手放在牛犊的腿上。

链条慢慢收紧。卡森把牛犊的前腿弯起来，确保蹄子不会损坏子宫壁。达内尔负责接下来的体力活，肌肉收紧时他直哼哼。他们几乎没有说话，需要的时候卡森向左或者向右指。过了几分钟腿出来了。卡森感觉如同打开了一只保险箱，找到排列组合，让最后的齿轮卡到合适的位置。就像是这样，子宫振荡着张开，牛犊缩了回去。有几次他几乎听到喀哒一声。

"胜利在望。"达内尔喘着气，腿的位置终于摆正了。

第二天早晨，他们的后腰和肩膀都得涂药膏。走路也要小心翼翼，新的伤痛又会累加到过去八十年间的旧伤里。

"上帝保佑我们，要是我们的孩子知道我们今晚在干吗，"达内尔说着揉了揉肩膀，"他们大概会用电子脚铐把我们锁起来，软禁在房间里。"

"说明他们比我们理智。"卡森回答。

第二条腿用了不到一分钟，牛犊来到一个更宽广的世界。卡森清理干净它口鼻部的黏液，把一根手指放进它的嘴里，感觉到一阵吮吸。

"我们做了那么多，你会觉得事情应该变得简单些，"达内尔说，"但其实并非如此。"

"不是，"卡森说，"大部分事情越来越艰难。"

最后一件事情是打钙针和抗生素，但是卡森怀疑自己的手能不能握稳针筒。可以再等一会儿。两个男人坐在谷仓的地板上，疲惫的胳膊交叉搭在蜷起的膝盖上，等着牛犊自己站起来。卡森的头枕着小臂，闭上眼睛。他听见牛犊用蹄子踢开稻草，撑起身体，又倒下去，直到它找到感觉。它一站起来，卡森就抬起头，看着牛犊抖个不停的膝盖，但是它坚持住了。很快奶牛也站了起来。牛犊依偎过去，找到乳头，开始吮吸。

"真是奇迹。"达内尔说，卡森也不反对。

他们又看了一会儿，没有说话。油灯的灯芯烧得更短了。卡森放下手，用指尖拨开稻草，摸到坚实的泥土，往后靠去。当火苗在玻璃罩里奄奄一息时，达内尔才单腿跪地直起身体。

"现在来看看我们还能不能站起来。"他说。

达内尔哼哼着站起来，膝盖发出喀哒声。他把手放在卡森的胳膊底下，帮他起来，卡森的关节也嘎吱直响。达内尔举起灯，拧了拧黄铜螺丝，直到玻璃罩里又亮堂起来。他放下灯，朝谷仓口走去，只看得见他的轮廓，接着他点燃一根火柴，一瞬间他的脸被照亮了。

"你又开始抽烟了。"卡森说。

"现在没人管我了，"达内尔回答，"有趣的是我竟然开始怀念那些唠叨。"

"没错。"卡森向谷仓门走去，靠在对面的梁上。

星星散落在头顶，尽管现在金星已经看不见了。他俩距离彼此不过十来英尺，却只能看到对方的影子。卡森看着橘红色的烟头举起来，停了一会儿，又放下。谷仓的深处有动静，然后是奶牛用舌头清洗牛犊的舔舐声。

"多莉斯是个好女人。"达内尔说。

"是啊，"卡森说，"她是的。"

"四个月了，是吗？"

"差不多。"

"最终都会过去的。"达内尔说。

他熄灭了烟头。黑暗中分不清是叹息还是窃笑。

"什么东西挠到了你的痒痒？"卡森问。

"就是很好奇那些寡妇是不是已经带着砂锅菜来拜访你了。"

"没有，"卡森说，"我是说葬礼以后还没有。"

"好吧，用不了多久就会有，一旦开始了，你会觉得自己是在参加斯伯利烘焙比赛。"

"我不会再娶一个妻子了。"卡森说。

"我也不会，但她们不管怎么样都还是会来。我们是稀有物种，伙计。有一回我去老年中心，那儿就我、安塞尔·特纳和三十个灰头发女人。有人建议我们应该跳舞。音乐一响起我就走了，再也没有回去，但是可怜的老安塞尔坐在轮椅上，走不了。

他六个月后再婚了。她们最终已经放弃了我，但你还是新游戏。"

达内尔顿了顿。

"我不是要拿你开玩笑。"

"我知道，"卡森说，"我已经看够了悼词和鬼鬼祟祟的脸。我并不需要人帮我度过悲伤。"

他已经有足够的力气打针，却还想再等等。除了在电话里和儿子女儿说话，卡森近来不太和其他人交谈。但是今晚，和达内尔待在黑暗中，他感觉很愉快。

"城里的星星不是这样的。"卡森说。

"我已经不太去城里过夜了，所以也不知道，"达内尔回答，"但是抬头看到亘古不变的东西感觉真好。我在朝鲜的时候，常常寻找北斗星、猎户座和射手座。它们各不一样，但是我总能辨别出来，仿佛我还在北卡罗来纳。这么做的时候让我感觉安慰，特别是当战争变得激烈时。"

"我也这么做过几次。"卡森说。

达内尔又点了支烟，走出谷仓，倾听着，直到心满意足。

"它们没有吵吵嚷嚷的，"达内尔说，"但是它们就在那儿。"

卡森半遮半掩地打了个哈欠。

"我去倒壶咖啡。"

"不用了，"卡森回答，"我打完针就走。"

"在朝鲜的时候，我们都想不到最后会是这样的，是吧？"达内尔说，"我的意思是说，我们拥有的比我们以为的更多。"

"是啊，"卡森回答，"是的。"

卡森回到里面，打完针，收拾东西。达内尔一只手举着灯，一只手提着医药包，带他往皮卡走去。达内尔打开钱包，拿出五张十块的，卡森像往常一样拒绝了。他们握握手，他钻进车里。卡森开出车道时，回头看，看到提灯的光晕向谷仓挪去。达内尔会把灯挂回钉子上，或许再站在谷仓口抽一支烟，就像所有优秀的哨兵一样细心。

99读书人

SHORT CLASSICS
短经典精选

短经典精选系列

走在蓝色的田野上
〔爱尔兰〕克莱尔·吉根 著 马爱农 译

爱,始于冬季
〔英〕西蒙·范·布伊 著 刘文韵 译

爱情半夜餐
〔法〕米歇尔·图尼埃 著 姚梦颖 译

隐秘的幸福
〔巴西〕克拉丽丝·李斯佩克朵 著 闵雪飞 译

雨后
〔爱尔兰〕威廉·特雷弗 著 管舒宁 译

闯入者
〔日〕安部公房 著 伏怡琳 译

星期天
〔法〕伊莱娜·内米洛夫斯基 著 黄荭 译

二十一个故事
〔英〕格雷厄姆·格林 著 李晨 张颖 译

我们飞
〔瑞士〕彼得·施塔姆 著 苏晓琴 译

时光匆匆老去
〔意〕安东尼奥·塔布齐 著 沈萼梅 译

不中用的狗
〔德〕海因里希·伯尔 著 刁承俊 译

俄罗斯套娃
〔阿根廷〕比奥伊·卡萨雷斯 著 魏然 译

避暑
〔智利〕何塞·多诺索 著 赵德明 译

四先生
〔葡〕贡萨洛·曼努埃尔·塔瓦雷斯 著 金文彰 译

房间里的阿尔及尔女人
〔阿尔及利亚〕阿西娅·吉巴尔 著 黄旭颖 译

拳头
〔意〕彼得罗·格罗西 著 陈英 译

烧船
〔日〕宫本辉 著 信誉 译

吃鸟的女孩
〔阿根廷〕萨曼塔·施维伯林 著 姚云青 译

幻之光
〔日〕宫本辉 著 林青华 译

家庭纽带
〔巴西〕克拉丽丝·李斯佩克朵 著 闵雪飞 译

绕颈之物
〔尼日利亚〕奇玛曼达·恩戈兹·阿迪契 著 文敏 译

迷宫
〔俄罗斯〕柳德米拉·彼得鲁舍夫斯卡娅 著 路雪莹 译

奇山飘香
〔美〕罗伯特·奥伦·巴特勒 著 胡向华 译

大象
〔波兰〕斯瓦沃米尔·姆罗热克 著 茅银辉 易丽君 译

诗人继续沉默
〔以色列〕亚伯拉罕·耶霍舒亚 著 张洪凌 汪晓涛 译

狂野之夜:关于爱伦·坡、狄金森、马克·吐温、詹姆斯和海明威最后时日的故事(修订本)
〔美〕乔伊斯·卡罗尔·欧茨 著 樊维娜 译

父亲的眼泪
〔美〕约翰·厄普代克 著 陈新宇 译

回忆,扑克牌
〔日〕向田邦子 著 姚东敏 译

摸彩
〔美〕雪莉·杰克逊 著 孙仲旭 译

山区光棍
〔爱尔兰〕威廉·特雷弗 著 马爱农 译

格来利斯的遗产
〔爱尔兰〕威廉·特雷弗 著 杨凌峰 译

终场故事集
〔爱尔兰〕威廉·特雷弗 著 杨凌峰 译

令人反感的幸福
〔阿根廷〕吉列尔莫·马丁内斯 著 施杰 译

炽焰燃烧
〔美〕罗恩·拉什 著 姚人杰 译

美好的事物无法久存
〔美〕罗恩·拉什 著 周嘉宁 译

魔桶
〔美〕伯纳德·马拉默德 著 吕俊 译